Annemarie Bon

Ouders!?!

Met tekeningen van Gertie Jaquet

Zwijsen

Toegekend door KPC Groep te 's-Hertogenbosch

1e druk 2005

ISBN 90.276.6006.9
NUR 283

© 2005 Tekst: Annemarie Bon
Illustraties: Gertie Jaquet
Omslagontwerp: Rob Galema
Uitgeverij Zwijsen B.V. Tilburg

Voor België:
Zwijsen-Infoboek, Meerhout
D/2005/1919/138

Inhoud

Het verhaal van Sterre en haar ouders kwam tot stand met Peter, de liefste vader van de wereld.

De zwarte weduwe

De zwarte weduwe is een kleine spin die in warme gebieden leeft. Het vrouwtje heeft een opvallend kogelrond, zwart achterlijf en een rode vlek op de buik. De spin glanst griezelig. Het vrouwtje is zeker vier keer zo groot als het mannetje en is supergiftig en gevaarlijk. Het mannetje daarentegen is hartstikke ongevaarlijk.

Op het menu van de zwarte weduwe staan vliegen, motten, mieren, kevers en andere spinnen. Een prooi wordt in de elastische, kleverige draden van het web gevangen. Hoe meer een prooi tegenspartelt, hoe meer hij vast komt te zitten.

Het vrouwtje verlaat bijna nooit haar nest, waar ze haar eitjes en jongen beschermt. Zij kan drie jaar oud worden. Een mannetje haalt die leeftijd meestal niet.

Het vrouwtje komt alleen tevoorschijn uit haar nest om te paren. Ze hangt dan ondersteboven in haar web en wacht op een mannetje. Dat maakt tikgeluiden om duidelijk te maken dat hij geen prooi is. Maar hij moest eens weten! Meteen na de paring wordt hij namelijk gedood door zijn vrouw. Zij bijt hem en spuit hem vol dodelijk gif, waardoor zijn ingewanden oplossen. Daarna kapselt zij hem in met zelfgesponnen zijdedraden. Slechts een enkel mannetje lukt het te ontsnappen. Dat rent na de paring weg zo hard hij kan.

[www.beest-en-bende.nl]

Geen last van een vader

'Iek!' Het meisje dat naast Sterre slaapt, gilt. Ze heet Kiki. Ze is Sterre al opgevallen tijdens het voorstelrondje vanavond na aankomst, omdat ze net als zij een roze T-shirt aanhad. Verder lijken ze totaal niet op elkaar. Kiki heeft lang, steil blond haar en Sterre een bos rode krullen.

Sterre hoort een ritssluiting opengaan. Meteen daarna springt Kiki uit bed. Er klinkt wat gerommel. Dan flitst er een zaklamp aan. Kiki schijnt ermee in haar slaapzak.

'Ik zal hem wel krijgen,' gromt ze, als ze even later een pluizig knuffeltje omhooghoudt. 'Ik schrok me wild. Ik dacht dat er een eng beest in mijn slaapzak zat. Is het weer zo'n stomme, flauwe grap!'

'Ssst,' klinkt het ergens uit de buurt van het raam.

Kiki schuift bij Sterre op de rand van haar bed. Ze fluistert zacht in Sterres oor: 'Ik heb zo'n stomme grapjesvader. Die gedraagt zich nooit eens normaal. Hij probeert altijd lollig te doen. Echt vréselijk!'

'Bof ik even. Ik heb gelukkig nooit last van mijn vader. Ik heb hem al meer dan een jaar niet gezien.'

Meteen kan Sterre haar tong wel afbijten. Ze heeft het eruit gefloept voor ze er erg in had. Kwam het doordat het donker is en Kiki haar niet kan zien? Kwam het doordat ze Kiki eigenlijk niet kent? Ze is hier nog maar een paar uur op het kamp. Of kwam het doordat ze slaperig is en niet goed heeft nagedacht? Maar ze hééft het gezegd. Ze heeft het zomaar tegen een vreemd meisje gezegd, terwijl ze bijna nooit tegen iemand over haar vader vertelt en al helemaal niet dat ze hem niet meer ziet.

Misschien is Kiki wel geschrokken. Ze zwijgt en je hoort haar adem nauwelijks. Sterre kan zich dat wel voorstellen. Als je normale ouders hebt, dan snap je van zoiets niks. Zou Kiki haar nu harteloos of een beetje vreemd vinden?

'Wees toch maar blij met je grapjesvader,' zegt ze erachteraan. 'Mijn ouders zijn twee jaar geleden gescheiden.'

Kiki blijft stil.

'Je hoeft niet te schrikken,' fluistert Sterre. 'Ik zit er niet mee. Niet meer, tenminste.'

'Oké. Zullen we morgen verder kletsen,' zegt Kiki. 'Straks komt de leiding nog kijken. Blijf je één of twee weken?'

'Twee. En jij?'

'Ik ook. Maar ik ga nu slapen. Of er moeten nog meer griezels in mijn slaapzak liggen. Trusten.'

'Trusten.'

Kiki kruipt weer in haar bed.

Daar ligt Sterre dan op een slaapzaal, tussen vreemde kinderen in Oisterwijk op een zomervakantiekamp.

Wat zou Kiki nu van haar denken? vraagt Sterre zich opnieuw af. Ze schaamt zich wel een beetje dat ze meteen over haar vader en de scheiding begonnen is. Straks vindt Kiki haar nog zielig. En niemand hoeft haar zielig te vinden, want dat is ze helemaal niet. Vroeger was ze zielig, vóór de scheiding, maar nu allang niet meer.

Ze heeft het hartstikke gezellig met haar moeder. Ze doen bijna alles samen: samen naar de stad, samen naar de film, ze lezen elkaar voor en af en toe slapen ze nog samen in het grote bed. Sterre is best lang voor haar elf jaar. Ze is 1 meter 60. Soms trekt ze zelfs kleren van haar moeder aan. Sommige dingen passen haar al, zoals dat oranje topje. Haar moeder ziet er zo jong uit, dat vreemden weleens vragen of ze zusjes van elkaar zijn.

'Jaha,' zeggen ze dan tegelijk. 'Dat kun je toch wel zien!' Voor Sterre is haar moeder haar alles. Ze kan zich niet voorstellen dat ze ooit bij haar weg zal gaan. En trouwens, wie had ze dan nog over?

'Wat erg voor je dat je ouders gaan scheiden,' had de juf op school na die vreselijke vakantie in Frankrijk gezegd.

'Je kunt altijd bij mij langskomen,' had een tante haar willen troosten.

Ze hád haar schouders opgehaald. Waar zit het verstand bij grote mensen? Ze zegt maar nooit dat ze het wel prettig vindt zo. Hoe heerlijk het is dat er rust in huis is gekomen. Ze ís niet zielig.

Waarom vindt iedereen het toch zo ingewikkeld om te begrijpen hoe erg ruzie is? Hoeveel pijn het doet, als je moeder overstuur is? Ze heeft haar moeder weleens haar vader zien slaan. Dat was op haar eigen verjaardag tijdens haar kinderfeestje. Ze werd toen negen. Gelukkig had geen van de kinderen het gezien, hoe haar moeder haar vader in de keuken in zijn gezicht sloeg. Dat was een klap die nu nog steeds pijn doet bij Sterre zelf. Maar het zal wel niet voor niets geweest zijn, denkt ze. Het duurde toen nog erg lang voor het feestje afgelopen was en ze eindelijk naar haar kamer kon. Toen ze tien werd, had ze geen zin gehad in een feestje met veel kinderen. Haar vader had haar die dag met Margje en Lotte mee naar de film genomen. Daarna waren ze naar een pizzeria gegaan. Haar moeder had migraine gehad en was thuisgebleven.

Sterre kan de slaap niet goed vatten. Ze heeft er al een tijd niet meer aan gedacht, maar nu voelt ze zich weer een beetje als vroeger. Zij alleen in bed en beneden waren haar ouders ruzie aan het maken. Dat deden ze meestal, als zij naar bed was. Die slaapt, dachten ze natuurlijk. Misschien had ze ook wel geslapen, maar zodra ze haar moeder hoorde huilen, was Sterre altijd rechtop in bed geschoten. Zouden ze om háár ruziemaken?
Hoe vaak was ze niet boven aan de trap gaan zitten om te proberen te verstaan waar het over ging. Ze wist wel dat ze iets deed wat niet hoorde, wat ze eigenlijk niet mocht doen, maar ze kon niet anders. Ze móést luisteren. Ze móést het weten, als ze iets over haar zouden zeggen.
Veel wijzer was ze daar trouwens nooit van geworden. Ze hoorde alleen haar moeder gillen. Die was woe-

dend op haar vader, maar Sterre begreep niet waar het over ging. Eén keer had ze wat verstaan.

'Ik walg van je,' had haar moeder geschreeuwd. 'Je bent een niks, je bent waardeloos. Ik haat je.'

Die stem van haar moeder bleef nagalmen in Sterres oren. 'Haat je, haat je, haat je ...'

Sterre zelf schreeuwde niet. Zij huilde juist stilletjes, boven aan de trap en daarna, als die ruzie gezakt was, alleen in bed. Dan hoorde ze haar moeder nog heen en weer lopen. Pas als haar vader naar de logeerkamer was vertrokken, durfde Sterre te gaan slapen.

Ze had veel nachtmerries in die tijd. Elke nacht zat er wel een monster achter haar aan. Het hielp een beetje toen ze voortaan een lampje aan liet in haar slaapkamer, maar het hielp pas echt toen ze leerde vliegen. In haar droom natuurlijk. Zíj kon vliegen, haar achtervolgers niet. Nog steeds kan ze vliegen in haar dromen, maar nu vliegt ze meestal voor de lol, gewoon omdat het zo'n heerlijk gevoel is.

'Waarom ben jij trouwens op dit bijspijkerkamp?' vraagt Kiki de volgende morgen aan Sterre. Ze zitten aan dezelfde ontbijttafel. Er zijn ongeveer dertig kinderen. Kiki doet gelukkig normaal. Ze lijkt te zijn vergeten wat Sterre haar gisteravond verteld heeft.

Sterre slikt haar hap ontbijtkoek door. 'Ik ben een beetje dyslectisch. Tenminste, dat denkt mijn moeder. Ik ben niet zo goed in spelling, vooral niet in werkwoordspelling. Daar vergis ik me weleens in.'

'Ben je ook getest?' vraagt Kiki, terwijl ze haar boterham met appelstroop besmeert en daar een plak kaas op legt. 'Heb je een dyslexie-verklaring?'

Sterre schudt haar hoofd. 'Nee, ik krijg op school ook geen remedial teaching. Na de vakantie ga ik naar groep 8. Iedereen hier toch? Mijn moeder wil graag dat ik naar het gymnasium ga, maar we weten niet zeker of ik hoog genoeg scoor op mijn cito-toets. Hopelijk maak ik door de bijles hier meer kans.'

Kiki kijkt Sterre aan. 'Toch zie je er niet echt uit als een stuudje.'

'Zeg, ho eens, Kiki. En waarom zit jij hier dan?'

Sterre wil bijna iets kattigs zeggen. Ze kan zich maar net inhouden.

'Ik ben dit schooljaar lang ziek geweest. Ik heb veel achterstand opgelopen en zit hier gewoon om bijgespijkerd te worden.'

'Wat had je dan?' vraagt Sterre een beetje geschrokken. Dit antwoord had ze niet verwacht.

'Ik had buikvliesontsteking en dat duurde wel twee maanden. Ik wilde dit schooljaar niet blijven zitten, maar na groep 8 wil ik toch graag naar het vwo.'

'Wat erg voor je,' reageert Sterre. 'Is nu alles weer goed?'

'Ja hoor. Zeg, welk programma volg jij verder? Sport of dieren?'

'Dieren. Alles wat met dieren te maken heeft, is mijn hobby.'

'Hé, leuk,' lacht Kiki, 'De mijne ook! Laten we maar vooral lol hebben hier. Tenslotte is het vakantie.'

Sterre kijkt op de klok. 'We moeten over vijf minuten

in de Vlinderzaal zijn om het weekprogramma door te spreken,' zegt ze. Ze pakt haar ontbijtspulletjes en loopt naar de kar met vuile afwas. Kiki volgt haar. Sterre is benieuwd naar het programma. Ze heeft er gewoon zin in. De bijles hoeft van haar eigenlijk niet zo nodig. Maar het is leuk dat ze nu Kiki kent. Die lijkt haar best aardig, ook al is ze nogal een bijdehand-je.

De kangoeroe

Kangoeroes vrijen in de lente. Na drie weken al wordt een baby'tje geboren. Dat baby'tje weegt dan nog maar één gram. Het is blind, doof, onbehaard en slechts 2,5 centimeter lang. Toch heeft dit mini-kangoeroetje twee sterke voorpootjes, scherpe nageltjes en een heel goede neus. Het kleine, roze boontje komt uit het gaatje onder de staart van de moeder. De moeder likt de haren op haar buik zo, dat ze een trapje naar haar buidel vormen. En zo klimt het baby'tje helemaal op eigen kracht naar boven. Het volgt de geur van melk die uit de tepels in de buidel komt. Als het kleintje eenmaal in de buidel zit, begint het aan een tepel te zuigen. De tepel wordt daardoor dikker en zo komt het jong vast te zitten aan de tepel.

Het is heerlijk warm en veilig in de buidel. Het kleintje groeit goed. Na vijf maanden steekt het voor het eerst zijn kopje uit de buidel. Maar pas na negen maanden kruipt hij voor het eerst echt de buidel uit. Hij springt dan naast zijn moeder over de vlakte, maar vaak duikt hij terug in de veilige buidel. Dat doet hij zelfs nog, als hij al een kleuter is. Vaak zit er dan alweer een broertje of zusje in de buidel. Gelukkig heeft de moeder vier tepels, zodat niemand iets tekortkomt.

[www.beest-en-bende.nl]

Vriendinnen

Ook al komen alle kinderen op het zomerkamp voor bijles, toch lijkt het er gelukkig totaal niet op school. Bij de inschrijving heeft iedereen een eigen programma afgesproken.

's Morgens brengt elk kind twee uur door met zijn remedial teacher. Die van Sterre heet Frits.

's Middags doe je mee aan het sport- of dierenprogramma. Sterre en Kiki roepen 'yes', als ze horen dat de Beekse Bergen op het programma staan en dat ze een wandeling met de boswachter gaan maken in een natuurgebied, De Kampina. Ook het vennenonderzoek lijkt hun wel leuk. 's Avonds ben je vrij of kun je meedoen aan extra workshops.

En dan zijn er nog de computers. Om te kunnen internetten moet je op je beurt wachten. Jaap, een van de leiders, houdt dat allemaal bij op een lijst. Je mag hooguit een halfuurtje per dag.

Sterre en Kiki hebben het slimmer aangepakt. Zij hebben zich samen ingeschreven voor de workshop HTML. Daar leer je zelf eenvoudige sites bouwen. De workshop is vier avonden per week. Tussendoor is er vast wel even tijd om te internetten.

De eerste HTML-les is op maandagavond. De basisprincipes vallen best mee. In een map staan de belangrijkste codes. Ze leren ook dat je nooit je echte naam en adres zomaar op een site moet zetten.

Sterre en Kiki hebben twee computers naast elkaar weten te bemachtigen. Ze zijn het er meteen over eens dat ze een dierensite gaan maken.

'We noemen onze site www.beest-en-bende.nl,' oppert Sterre. 'Er zijn dan verschillende rubrieken. Hoe allerlei soorten dieren eten. Hoe dieren overwinteren of juist overleven in de woestijn. Hoe ze met hun baby'tjes omgaan. Hoe ze hun nest of hol bouwen.'

'Goed idee!' vindt Kiki. 'Zullen we er ook een vragenrubriek op zetten?'

'Ja! En ik wil er een dierenencyclopedie op. Daarvoor kunnen we mijn dierenencyclopedie wel gebruiken! Die heb ik bij me. Daar staat echt álles in.'

'Nou,' zegt Kiki, 'ik denk dat we daar wel even mee bezig zijn. Dat redden we nooit op dit kamp in die twee weken. Misschien kunnen we er na de vakantie aan verder werken.'

'Dat is leuk!'

'Wat is jouw e-mailadres eigenlijk? Dan kan ik je mailen. Bellen is zo duur,' zegt Kiki.

'Superster@friendsmail.com.'

'Poeh, jij hebt geen last van bescheidenheid, hè?'

Sterre krijgt een blosje op haar wangen. 'Vroeger noemde Marius, dat is mijn vader, me altijd zo. Ik heb dit e-mailadres al heel lang. Ik zal eens een ander nemen.'

Kiki trekt haar wenkbrauwen omhoog. 'Waarom dat dan?'

'Omdat mijn vader die naam bedacht heeft.'

'Vind je dat zó erg?'

'Ja,' knikt Sterre. 'Ik heb liever niets meer met hem te maken.'

'Hij is toch je váder!' zegt Kiki.

'Mijn ouders zijn al twee jaar gescheiden.'

'Wat dan nog?'

'Ik heb geen zin meer om hem te zien.'

Kiki kijkt Sterre aan. 'Wil je zeggen dat je je vader na de scheiding niet meer hebt gezien?'

'Jawel. In het begin ging ik om het andere weekeinde naar hem toe. Hij kwam me dan met de auto ophalen. Maar eerlijk, hij was nooit op tijd. Dan stond ik soms wel een kwartier op de stoep te wachten met mijn spullen.'

'Buiten?' vraagt Kiki.

'Ja, buiten. Waar anders? Mijn moeder laat mijn vader echt nooit meer binnen. Weg is weg. Had-ie maar moeten blijven.'

'Vind jij dat of vindt je moeder dat?' vraagt Kiki.

Sterre zegt niks. Ze denkt terug aan de tijd dat ze nog naar haar vader ging. 'Hij belde ook altijd op het verkeerde moment. Net als ik zat te eten, of tv aan het kijken was. Of als ik in bad zat, of een boek aan het lezen was. Echt lastig. Hij deed het er gewoon om.'

'Nou, ik vind het niet echt heftig klinken,' merkt Kiki op. 'Het is toch juist fijn, als je vader belt? Hij kan toch niet ruiken wat jij aan het doen bent? En een normaal kind is toch altijd wel iets aan het doen? Je zit toch nooit met je armen over elkaar op een telefoontje te wachten. Het zou juist raar zijn, als hij niet zou bellen.'

'Voor jou klinkt het misschien niet heftig,' merkt Sterre op. 'Voor ons, en vooral voor mijn moeder, was het allemaal heel moeilijk. Mijn moeder zei altijd dat het wel stalken leek, zoals mijn vader zich gedroeg. Hij hield nooit op.'

Sterre gaat weer verder met de site, als ze ziet dat Kiki haar een beetje vragend blijft aankijken. Kiki snapt er duidelijk niets van, maar Sterre voelt dat ze het zelf eigenlijk ook niet goed kan uitleggen.

Het is pas de vierde dag van het kamp als Frits, de remedial teacher van Sterre, haar even tegenhoudt na de bijles.

'Het gaat hartstikke goed, weet je dat. Je hebt de regelmatige en onregelmatige werkwoorden echt wel op een rijtje. Ook met de rest van de spelling gaat het perfect. Daar kwam je toch voor?'

Sterre glundert ervan.

Frits aarzelt een beetje. 'Ik twijfel eraan of jij dyslectisch bent.'

'Ik weet het ook niet,' zegt Sterre.

'Als je wilt, kunnen we morgen iets anders gaan doen.'

Sterre lacht en veert omhoog. 'O, dan weet ik wel wat! Wil je mij meehelpen met tekstjes schrijven? Kiki en ik zijn met een site bezig over dieren.'

'Afgesproken,' zegt Frits. 'Dat is wat je noemt een leuke klus. Zo lijkt het voor mij ook wel vakantie hier in plaats van werk!'

Het is een van de leukste vakanties uit Sterres leven.

Dat had ze van tevoren nooit gedacht. Echt ver zijn Kiki en zij niet met hun site opgeschoten tijdens de laatste HTML-les. Ze hebben een mooie homepage ontworpen met foto's van henzelf erop in een hartje. Als je daarop klikt, hoor je gegiechel. Ook hebben ze een teller en een e-mailformulier van internet gedownload. Ze zijn begonnen met de rubriek 'dierengezinnen'. Daar heeft Sterre met Frits' hulp al een aantal leuke teksten voor gemaakt. Over de zwarte weduwe bijvoorbeeld en over de leeuw en de kangoeroe en de bidsprinkhaan. Voor de andere ideeën hebben Sterre en Kiki nog geen tijd gehad. Toch hebben ze alleen al in het bedenken van alles veel plezier gehad. En ze hebben tussendoor tenminste lekker gechat op MSN.

Superster zegt:
Niks mis met bijspijkerkampen.
Kiki zegt:
Mee eens!!!
Superster zegt:
Zullen we volgend jaar weer gaan?
Kiki zegt:
Kan niet, alleen voor groep 8.
Superster zegt:
Jammer! En in de herfstvakantie?
Kiki zegt:
Dat zou kunnen ...
Superster zegt:
Dan gaan we net zo lang zeuren totdat het mag.

Vriendin van Superster zegt:
Goed idee van jou! En als het niet mag, halen we slechte cijfers en dan zeggen we dat we zo nooit naar het vwo kunnen.

Sterre kijkt nog eens goed op haar scherm. Kiki heeft haar naam veranderd in Vriendin van Superster! Sterre krijgt er een ontzettend warm gevoel van. Ze heeft er een vriendin bij. En wat voor een! Sterre weet zeker dat ze vriendinnen blijven, ook na het kamp. In elk geval hebben ze samen nog veel werk aan hun site! Dus ze zullen wel contact moeten houden.
'Hoe doen we dat na het kamp met onze site?' vraagt Sterre.
Kiki lacht. 'We kunnen toch gewoon mailen. Je hóéft niet per se naast elkaar te zitten.'
'En heb jij nooit van logeren gehoord? Dat lijkt me nog een veel beter idee.'
'Ja, dan kom jij naar mij,' zegt Kiki. 'Ik ben benieuwd hoe je na een logeerpartij bij mij over een grapjes-vader denkt!'

De twee weken op het zomerkamp vliegen voorbij. Vrijdagavond is altijd bonte avond. Voor een deel van de kinderen is het dan afscheidsavond. De eerste vrijdagavond was er een dropping in het bos. Op deze laatste vrijdagavond zijn er optredens. Sommige kinderen playbacken, andere voeren een toneelstukje op. Sterre en Kiki hebben goocheltrucs ingestudeerd. Sterre is goochelaar. Van karton heeft ze een goochelhoed gemaakt. Kiki is de charmante assistente. Dat doet ze geweldig. Als ze wappert met haar sjaaltjes en haar vette knipoog de zaal instuurt, ligt iedereen dubbel. De trucs lukken perfect. Vooral de kaarttruc waarbij Kiki de gang op moet en even later toch weet welke kaart een jongen uit het publiek uitgekozen heeft, slaat goed aan.

'Hoe doen jullie dat?'

'Nog een keertje! Dan kan ik zien hoe het moet!'

'Ik wil dat ook leren!'

Maar Sterre en Kiki zijn onvermurwbaar als echte profs.

'Als je weet hoe een truc werkt, is de lol eraf,' zegt Sterre. En daarmee is de kous af.

Die avond in bed blijven Sterre en Kiki nog lang fluisteren. Zij blijven voor eeuwig vriendinnen. En als een paar kinderen 'Sssst' roepen, kruipt Kiki bij Sterre in bed. Sterre vindt het jammer dat het vakantiekamp de volgende dag al is afgelopen.

De thermometervogel

De thermometervogel wordt ook wel malleehoen genoemd. De naam thermometervogel heeft deze vogel gekregen omdat hij met zijn snavel al een temperatuurverschil van een halve graad Celsius kan opmerken. De thermometervogel leeft in Australië en is een grote, hoenderachtige loopvogel van ongeveer 60 centimeter. De vogel heeft korte, ronde vleugels, een vrij lange staart en krachtige poten. Het mannetje is een echte techneut. Hij bouwt een heuveltje van zand, aarde, rottende planten of vulkanische as waaronder een vrouwtje haar eieren kan leggen. Hij zorgt er verder voor dat de temperatuur voor het uitbroeden van de eieren precies goed is. Het mannetje regelt dat door voortdurend met zijn snavel de temperatuur te meten en vervolgens de zandlaag dikker of dunner te maken. Als een mannetje een goede broedheuvel weet te maken met een constante temperatuur, verhoogt hij zijn kansen bij de vrouwtjes. Die willen dan maar wat graag bij hem eieren komen leggen. Komen de jonkies uit de broedheuvel gekropen, dan worden ze meteen aan hun lot overgelaten. Moeder is niet thuis en vader heeft het te druk met zijn broedheuveltje op temperatuur houden. Jammer voor de kleintjes, maar gelukkig kunnen die wel meteen vliegen.

[www.beest-en-bende.nl]

Niet naar huis

Sterre en Kiki zijn tegelijk klaar met pakken. Ze sjouwen hun tassen naar de grote hal. De eerste ouders komen er al aan. Sterre kijkt of ze de gele Smart van haar moeder aan ziet komen.

'Pap! Mam!' gilt Kiki ineens.

Zouden die twee Kiki's ouders zijn? Ze lopen hand in hand. Even voelt Sterre een steek van jaloezie.

Het zijn inderdaad Kiki's ouders. Kiki rent op hen af en sleurt hen meteen mee naar Sterre.

'Kijk, dit is Sterre nou, over wie ik door de telefoon heb verteld. Zij is mijn nieuwe vriendin. We hebben samen die dierensite gemaakt.'

Sterre geeft de vader en moeder van Kiki een hand.

De vader van Kiki lacht. 'Ik heb gisteravond al op www.beest-en-bende.nl gekeken. Vooral die twee mekkerende geiten in dat hartje vond ik erg leuk.'

'Pap!'

Kiki en haar ouders blijven wachten totdat de moeder van Sterre er is. Maar waar blijft die nou? Sterre snapt er niks van. Haar moeder zorgt altijd dat ze op tijd is. Het is niks voor haar om te laat te komen. Sterre loopt naar buiten en tuurt de oprijlaan af. Geen Smart te zien.

Als Jaap, een van de begeleiders, naar haar toe komt, weet ze eigenlijk meteen dat er iets niet in orde is.

'Sterre, je moet niet schrikken,' zegt Jaap. 'Er is een ongelukje met je moeder gebeurd, maar je vader komt je zo ophalen.'

'Mijn vader? Dat kan niet!'

'Ja, je moeder is vanochtend vroeg van het keuken-trapje gevallen. Ze heeft een gecompliceerde been-breuk. Ze moet geopereerd worden, maar iemand van het ziekenhuis heeft me verzekerd dat het allemaal niet ernstig is en dat alles goed komt met haar.' Jaap slaat zijn arm om Sterre heen en neemt haar mee naar binnen.

'Ja, maar …' Sterre komt niet uit haar woorden. Ze begint zachtjes te huilen. Kiki en haar ouders komen geschrokken aanlopen.

'Je moeder is naar het ziekenhuis in Tilburg gebracht,' zegt Jaap. 'Gelukkig hebben wij hier ook de gegevens van je vader. We hebben hem onmiddellijk gebeld. Hij kan er elk ogenblik zijn.'

'Ja, maar, dat wíl ik helemaal niet!' fluistert Sterre te-gen Kiki.

Sterres gedachten tollen in het rond. Kan ze hier niet onderuit komen?

'Ik kan toch met Kiki meegaan? Bij haar gaan loge-ren?'

'Je vader is al onderweg, Sterre,' zegt de moeder van Kiki. 'Is er iets aan de hand?'

'Je moeder maakt het best goed, hoor,' zegt Jaap er-achteraan. 'Ik snap wel dat je schrikt, maar het komt echt weer in orde met haar.'

Sterre weet zich geen raad. Ze kan hier moeilijk zeg-gen dat ze niet met haar eigen vader mee wil. Ze maakt zich ook zorgen om haar moeder. Ze kunnen wel zeggen dat het niet ernstig is, maar ondertussen ligt die wel mooi in het ziekenhuis.

'Zal ik mijn moeder even bellen?' vraagt Sterre. 'Dat zal niet lukken,' zegt Jaap, 'want ze wordt nu geopereerd. Maar joh, rustig nou maar. Je vader gaat zo vast meteen met je naar het ziekenhuis toe. Zal ik even wat te drinken voor je pakken? Je bent helemaal van slag.'

Sterre gaat zitten en drinkt het glas appelsap leeg dat Jaap voor haar heeft gehaald. Kiki zit naast haar met haar arm om Sterres schouder geslagen. Af en toe komen er weer wat tranen. Toch wordt ze wat kalmer. Er zit niets anders op dan af te wachten.

Daar komt Marius aan, haar vader! Er gaat een schokje door Sterre heen. Hij is nog steeds dezelfde, maar toch is hij ook veranderd. Hij is ouder geworden. Nu ziet hij haar zitten. Sterre kijkt snel de andere kant op. Ze slikt. Ze krijgt het benauwd. Net als vroeger, dan leek het alsof haar ouders allebei aan een sliert van haar das trokken. Maar die das zat wel om háár nek. Ze kan nog steeds niet geloven dat dit allemaal echt gebeurt.

Haar vader komt naar haar toe gelopen en drukt haar even zacht tegen zich aan.

'Hoi Sterre,' zegt hij.

Sterre zegt niets. Als haar hart niet zo klopte, had ze net zo goed een lantaarnpaal kunnen zijn. Of een ijspilaar.

'Rot van de moeder van Sterre,' zegt Jaap tegen Marius. 'Gelukkig dat je zo snel kon komen.'

'Ja,' zegt Sterres vader. 'Daar ben ik ook blij om.'
De ouders van Kiki geven hem allebei een hand.
'De meiden hebben het samen goed kunnen vinden,' vertelt Kiki's moeder. 'Jammer dat deze leuke vakantie nu zo naar eindigt.'
De vader van Kiki kijkt op zijn horloge. 'Het spijt me, maar wij moeten nu echt gaan. Ik moet straks een groep kinderen trainen, met voetbal. Ik wil jullie alle sterkte toewensen.'
Kiki en Sterre lopen vooruit naar de auto.
'Hé, Sterre,' zegt Kiki. 'Misschien valt het allemaal erg mee. Je vader is vast aardig en lief voor je. We hebben elkaars adressen en we schrijven, mailen en msn'en wel.'
Als haar ouders er ook aan komen en ze wegrijden, rent Sterre een stukje mee met de auto. Ze zwaait daarna net zo lang tot de auto de oprijlaan is afgereden en om de hoek is verdwenen.
Ze loopt naar binnen, terug naar Marius. Nu is ze alleen met haar vader en haar moeder ligt in het ziekenhuis. Kan haar iets ergers overkomen?
'Waar is je tas, Sterre?' vraagt Marius. 'Kom, dan gaan we.'

'Ik wil naar mama,' zegt Sterre, als ze naar de auto lopen. 'Nu meteen.' Ze heeft het gevoel dat haar vader haar naar zijn flat wil brengen en haar nooit meer laat gaan, net alsof ze ontvoerd wordt.
Maar haar vader zegt iets anders. 'Natuurlijk, dat is precies wat ik van plan ben. We gaan linea recta naar

het ziekenhuis.'
Haar vader legt haar tas in de achterbak en houdt de deur voor haar open. Sterre gaat zitten, klikt haar gordel vast en staart uit het raampje. Ze is niet van plan om ook maar iets te zeggen, als haar vader dát maar weet. Ze is blij dat het niet ver is naar Tilburg. Kiki woont helemaal in Amersfoort. Dat zou pas erg zijn.
Onderweg moet Marius tanken. 'Wil je iets lekkers?' vraagt hij aan Sterre, als hij gaat afrekenen. Ze knikt van nee. Ze hoeft echt niks van hem.
'Was het een leuk kamp?'
Sterre knikt. Een heel klein knikje is het. Ze is blij dat haar vader niet doorvraagt over het kamp en net doet alsof het heel normaal is dat ze elkaar een jaar niet gezien hebben. Zo hóéft ze ook niet te antwoorden.
Toch denkt ze door Marius' vraag terug aan het kamp. Ze ziet ineens het konijntje weer. Dat zat tijdens de dropping de eerste vrijdagnacht doodsbang op de weg in het licht van de koplampen van twee auto's die elkaar naderden. Een van links en een van rechts. Jaap had de auto's gelukkig tegen kunnen houden. Het konijntje was gered.

Eindelijk rijdt haar vader de parkeerplaats van het ziekenhuis op.
'We komen voor Karin van Buren,' zegt haar vader bij de receptie.
'Derde verdieping.'
Op de afdeling kunnen ze Sterres moeder niet vinden. Marius schiet een verpleegster aan. 'We komen voor

Karin van Buren. Weet u waar zij is?'

'Ja, bent u haar man?'

'Nee, ik ben haar ex-man en dit is onze dochter Sterre. Ik heb haar zojuist opgehaald van haar vakantiekamp. Sterre maakt zich erg ongerust over haar moeder.'

De verpleegster raakt even Sterres arm aan. 'Je hoeft je geen zorgen te maken, hoor. Het is allemaal heel vervelend voor je moeder, maar het komt vanzelf goed. Op dit moment ligt ze alleen nog bij te komen. Ze is net van de operatiekamer af. Over een halfuurtje wordt ze naar haar kamer gebracht. Als jullie willen wachten, kunnen jullie dat het beste in het restaurant beneden doen. Weten jullie de weg?'

Marius knikt.

Weer nemen Sterre en haar vader de lift. Beneden staat het restaurant aangegeven.

'Wil je iets drinken?' vraagt Marius. Hij schuift een dienblad langs de vitrines met broodjes, salades, drankjes, fruit en gebakjes.

'Ja, ice tea,' mompelt Sterre. Ze legt snel een broodje brie op het dienblad van haar vader, als hij net de andere kant opkijkt. Hij ziet het natuurlijk toch.

'Goed idee,' zegt Marius. 'Dat neem ik ook. Ik rammel gewoon. Het is tenslotte al lunchtijd.'

Ze kiezen een tafeltje bij het raam.

Sterres vader roert een scheutje melk door zijn koffie.

'De reden is natuurlijk niet leuk,' zegt hij. 'Ik vind het echt hartstikke rot dat je moeder nu hier ligt, maar zelf ben ik wel erg blij dat ik mijn dochter eindelijk eens zie. Weet je wel hoe ik hiernaar verlangd heb?'

Sterre kijkt haar vader niet aan. Ineens heeft ze geen zin meer in haar broodje. Ze schuift het van zich af. Ze zegt niks en ook haar vader is een tijdje stil.

Sterre voelt zich triest. Ze gedraagt zich als een gemene rotmeid. Zo vals doet ze verder tegen niemand. Ze gluurt even naar Marius. Hij ziet er eigenlijk best zielig uit. Verdrietig.

Het is ook verdrietig. Daar zitten ze: een vader en een dochter, maar ze lijken wel vreemden van elkaar. Nee, het is erger. Ze lijken wel vijanden van elkaar.

Marius ziet Sterre gluren. 'Je bent gegroeid sinds de laatste keer,' zegt hij dan.

'Ja, en jij bent grijzer geworden.' Sterre grinnikt er heel eventjes om.

'Vind je het gek?' vraagt Marius, maar hij geeft er wel een knipoog bij.

'Kom, ik denk dat je moeder nu wel op haar kamer is. Ga je mee?'

Het zeepaardje

Dit sierlijke diertje lijkt wel door het water te zweven als een soort schaakstuk. De voortplanting gebeurt bij zeepaardjes op een heel bijzondere manier. Eerst maken het mannetje en het vrouwtje elkaar een paar dagen lang het hof. Ze nemen de mooiste kleuren aan en maken klikkende geluiden door met hun kop te knikken. Vervolgens slaan ze hun staarten stevig om elkaar heen en draaien erop los. Maar dan brengt niet het mannetje zijn zaad bij het vrouwtje in. Nee, het vrouwtje heeft een klein buisje aan haar buik dat ze in de broedbuidel van het mannetje schuift. Daar perst ze wel tweehonderd eitjes naar binnen en daar bevrucht het mannetje die. Na een broedtijd van vier weken komen de zeepaardjes uit hun eieren. Ze blijven dan nog in de buidel. Daar krijgen ze een paar dagen lang eten totdat ze geboren worden. Poeh, wat is die buidel van de vader dik geworden! Door een kleine opening verlaten de jonge zeepaardjes zwemmend de buidel van hun vader. Vader duwt zijn buik af en toe tegen een steen om al zijn grut eruit te drukken. De moeder is in geen velden of wegen te bekennen. Die heeft allang weer rijpe eitjes aangemaakt en is een nieuw mannetje aan het versieren. Of dat mannetje toevallig net een paar dagen geleden bevallen is, doet er voor haar niet toe.

[www.beest-en-bende.nl]

33

Sammie

Sterre schrikt van haar moeder, zó wit is haar gezicht. Ze heeft haar ogen dicht. Haar linkerbeen hangt aan een katrol een eindje omhoog.

'Ze is nog erg slaperig,' zegt dezelfde verpleegster van straks. 'Dat komt door de narcose. Daardoor ziet ze ook zo bleek. Ga maar bij haar zitten, hoor.' De verpleegster wijst Sterre een stoel naast het bed.

Sterre gaat zitten en aait over haar moeders hand. 'Mama, ik ben het. Sterre.'

Heel even doet haar moeder haar ogen open. Ze probeert te glimlachen. 'Ik ben zo moe,' zegt ze zacht.

'Ja,' zegt de verpleegster. 'U kunt zo beter maar wat verder slapen.'

'Sterre,' vraagt haar moeder dan, 'hoe ben je hier gekomen?'

'Marius heeft me gehaald. Die is hier ook. Hij wacht op de gang.'

'Marius? Ik had Moniek willen vragen. Ik ben alleen zo moe.'

Sterres moeder doet haar ogen weer dicht.

'Jullie kunnen beter straks terugkomen,' zegt de verpleegster. 'Het is normaal van halftwee tot halfdrie en van zeven tot acht bezoekuur, maar u hoeft u daar vandaag niet aan te houden. Ze is nu nog niet goed wakker.'

Sterre ziet dat de verpleegster gelijk heeft. Ze geeft haar moeder een zoentje. 'Straks ben ik er weer, hoor.

Lieve mama, straks voel je je veel beter.'

'En toen?' vraagt Marius, als ze weer buiten zijn.
'En tóén?' Sterre haalt haar schouders op. 'Hoe moet ik dat weten?'
'Mijn flat is vlakbij ...' zegt Marius.
Sterre houdt haar pas in.
'Ik heb sinds een tijdje een hondje, een teckeltje,' gaat Marius verder. 'Hij heet Sammie. Ik heb hem vanochtend vroeg voor het laatst uitgelaten. Hij is nu wel aan een ommetje toe, denk ik.'
Zin om naar de flat van Marius te gaan, heeft Sterre helemaal niet. Aan de andere kant kan dat arme hondje er ook niets aan doen. Sterre hoeft niet langer na te denken. 'Oké dan.'

Het is hooguit vijf minuten rijden naar de flat.
'Hup, met de trap,' roept haar vader. Hij doet dat altijd om een beetje lichaamsbeweging te hebben. Hij werkt op een kantoor en zit daardoor de hele dag op een stoel. 'Te verstijven,' zei hij vroeger altijd. 'En verstijven kan altijd nog, later als ik dood ben.'
Hijgend komen ze op de vijfde verdieping aan. Even vergeet Sterre alles en is het weer net als langgeleden. Zij tweetjes. Zij was haar vaders supersterretje. En Sterre zelf was op niemand zo trots als op hem.
Sterre lacht. Maar meteen als ze dat merkt, klemt ze haar lippen op elkaar. Er is geen enkele reden om te lachen.
Zodra Marius de sleutel in het slot steekt, klinkt er ge-

kef. Een heel klein teckeltje springt tegen hem op, als hij de deur opendoet.

Sterre kan het niet helpen. 'O, wat lief!' zegt ze. Ze gaat op haar hurken zitten en aait het hondje.

Dan pas kijkt ze om zich heen. Als je de flat van Marius binnenkomt, bevind je je in een grote hal. Daar komen alle kamers op uit. Ook haar kamertje. Ze wil er niet naar kijken, net doen of het haar niet kan schelen. Ze kijkt toch.

Op de deur van haar kamertje hangt nog steeds het bordje met haar naam. *Sterre, verboden toegang. Binnenkomen op eigen risico.*

Marius volgt haar blik. 'Ik heb er niets aan veranderd. Het is nog steeds jouw kamer.'

Sterre kijkt snel weer naar Sammie en aait hem.

'Sammie moest toch uitgelaten worden? Ik doe het wel,' zegt Sterre.

'Als je dat wilt.' Marius laat niet merken of hij het juist fijn of niet fijn vindt, dat Sterre zonder hem weg wil.

'Ik moet ook nog wat boodschappen doen,' zegt hij dan.

'Doe dat maar, hoor. Als je mij de sleutel geeft, kan ik er toch gewoon in.'

Even later holt Sterre met Sammie op het veldje vlak bij de flat. Pfft, ze is gelukkig weer alleen. Maar voor hoelang? Waar moet zij naartoe nu mama in het ziekenhuis ligt? Ja, wat Marius wil, weet ze zo wel. Die wil natuurlijk dat ze bij hem komt. Mama had het over

Moniek, maar Moniek woont in Eindhoven. En Moniek heeft een baan. Sterre en haar moeder wonen, net als Marius, in Tilburg. Zou ze niet gewoon alleen thuis kunnen zijn? Ze is toch al elf?

Sterre laat die gedachte snel varen. Ze weet best dat ze het nooit zou durven om 's nachts alleen thuis te zijn.

Ze trapt zo hard ze kan tegen een leeg blikje dat voor haar voeten ligt. Wat een ellende. En dat allemaal na die twee leuke weken.

Is er niemand uit haar klas waar ze kan logeren? Sterre weet het antwoord wel. Haar twee vriendinnen, Margje en Lotte, zijn nog op vakantie. Ze heeft een probleem. Een groot, vet probleem.

Sammie is leuk. Hij kijkt haar af en toe aan met van die lieve, trouwe ogen. Haar moeder wil geen huisdier. Ze heeft een hekel aan haren in huis. Ze houdt ook niet van de lucht van honden en katten. Sterre zeurt er nooit meer om, maar dit kleine Sammietje voelt een klein beetje alsof het ook haar hondje is.

'Kom op, Sammie,' roept ze. 'We gaan weer naar de flat.'

Heeft Sammie haar begrepen? Hij blaft blij en trekt haar mee.

Ze belt niet aan. Of Marius thuis is of niet, Sterre loopt naar binnen als zíj dat wil. Maar Marius is nog niet terug van het boodschappen doen. Dat kan ook eigenlijk niet in die korte tijd dat ze met Sammie buiten was.

Ze maakt de riem los. 'Wat is er, Sammie? O, wil je drinken? Ik zal eens kijken voor je.'

In de keuken staat een drinkbakje voor Sammie. Sterre vult het met water. Zodra ze het op de grond zet, begint het teckeltje te slurpen. Sterre aait hem. 'Nu wil je zeker ook wel iets te eten?'

Ze opent wat kastjes en vindt ten slotte wat brokjes. Ze strooit die in het andere bakje.

'Nou, jij had honger,' zegt ze tegen Sammie. 'Je bent hier natuurlijk ook al die tijd alleen geweest.'

In een mum van tijd heeft Sammie zijn voer op. Hij dribbelt de hal van de flat in. Sterre probeert hem na te doen en maakt dezelfde dribbelpasjes.

'Nee, we gaan niet naar buiten. We zijn net terug!'

Sterre ziet weer haar naambordje op de deur. Als Marius hier geweest was, had ze het nooit gedaan. Maar Marius is er niet. En zij is nieuwsgierig. Ze opent de deur van haar kamertje.

Alles is nog hetzelfde.

Haar bed, haar bureautje, de hele stapel *Tam Tam's*. Nee hè, hier is Eek, haar knuffel. Ze pakt hem van het bed. Stom, dat ze daar nooit aan gedacht heeft. Die stond gewoon hier bij haar vader.

Ook haar computer staat er nog steeds. Ze zet hem aan. Zou Kiki online zijn? Ze moet even zoeken in het lijstje contactpersonen op MSN. Ja, ze is er als *Vakantie was zooo cool. Gaaf!*

Vakantie was zooo cool zegt:
Hey, Sterre! Hoe is het nou?
Superster zegt:
Kiki! Mijn moeder was nog heel zwak. Ik ga straks

weer op bezoek. Ik ben nu bij mijn vader.

Vakantie was zooo cool zegt:

Blijf je daar?

Superster zegt:

Nee!

Vakantie was zooo cool zegt:

Waar ga je dan heen?

Superster zegt:

Dat weet ik nog niet.

Superster zegt:

Mijn vader heeft een hondje. Dat is zooooo liehief!

Vakantie was zooo cool zegt:

Hoe heet-ie?

Superster zegt:

Sammie

Vakantie was zooo cool zegt:

Wat is er eigenlijk mis met je vader, Sterre?

Superster zegt:

Alles.

Vakantie was zooo cool zegt:

Hij slaat je toch niet?

Superster zegt:

Nee.

Vakantie was zooo cool zegt:

Wat heeft hij dan gedaan?

Superster zegt:

Niks.

Vakantie was zooo cool zegt:

Maar waarom wil je je vader dan niet meer zien?

Superster zegt:

Omdat ik er helemaal gek van werd en verder wil ik er niet over praten.

Vakantie was zooo cool zegt:
Sterre?

Superster zegt:
Jah?

Vakantie was zooo cool zegt:
Niet boos op me zijn, hè?

Superster zegt:
Neuh.

Vakantie was zooo cool zegt:
Ik hoop dat je moeder snel opknapt. Het komt vast allemaal goed.

Superster zegt:
Tnx.

Vakantie was zooo cool zegt:
CU LTR.

Superster zegt:
xxx

Vakantie was zooo cool zegt:
Ik ben blij dat we vriendinnen zijn.

Superster zegt:
Same here.

Sterre zet haar computer weer uit. Sammie heeft zich ondertussen heerlijk op haar bed genesteld. Het is gek om hier weer te zijn, maar eigenlijk ook heel gewoon. Dit is toch maar mooi een jaar lang haar eigen kamertje geweest en best een gezellig kamertje bovendien. Ze hoort de voordeur. Marius is weer thuis.

De leeuw

Bij de leeuwen is de man de baas. En lui dat hij is! De leeuwinnen doen al het werk. Leeuwinnen jagen samen. Hun prooi geven ze aan hun man. Die eet zich eerst zelf helemaal vol. Pas daarna krijgen de vrouwtjes en de welpjes de kliekjes.

En pas op, als een alleenstaande moeder een nieuwe vriend krijgt. Die vriend is zo stikjaloers op haar jongen dat hij eerst al haar welpjes doodbijt. Vrouwtjes die nog jongen zogen, worden immers niet loops en daar heeft een leeuw niks aan. Hij wil vrouwtjes die voor hem beschikbaar zijn. Nee, van stiefkinderen houdt een mannetjesleeuw helemaal niet. Hij wil het vrouwtje en hij wil in de paartijd maar één ding: vrijen. Wel vijftig keer per dag en dat vier dagen lang. Nee, dan is hij niet lui. Het vrijen zelf is in een paar seconden gepiept. Na het paren snauwt de leeuwin tegen het mannetje. Die taait dan snel af om na een kwartier alweer terug te komen. Leeuwen paren zo vaak, omdat ze heel zwak zaad hebben. Ze zijn zo goed als onvruchtbaar. Jonge welpen groeien hard. Een moederleeuw laat haar kroost niet alleen, omdat haar welpen niets liever doen dan weglopen. Bij gevaar grijpt de moeder haar welpen in hun nekvel en brengt ze naar een schuilplaats.

[www.beest-en-bende.nl]

De scheiding

'Hoi Sterre,' roept Marius.
'Hoi,' zegt Sterre terug. Ze blijft waar ze is. Hij weet nu toch al dat ze naar haar kamer is gegaan. Gelukkig komt hij niet naar binnen.
Ineens begint ze te huilen. Ze doet de deur van haar kamer dicht. Marius mag er niks van merken. Waarom heeft zij niet gewoon twee ouders die van elkaar houden? Die lief zijn voor elkaar? Zoals de vader en moeder van Kiki. Zouden Marius en haar moeder vroeger van elkaar gehouden hebben? Misschien was zijzelf wel een ongelukje. Wilden ze geen kind? Waarom is er nooit een broertje of zusje gekomen?
'Lieve Sammie.'
Het lijkt wel of Sammie Sterre wil troosten. Hij snuffelt aan haar handen en kruipt tegen haar aan. Sterre duwt haar neus tegen de snuit van het beestje.
De vraag van Kiki zeurt in haar hoofd. Wat is er eigenlijk mis met je vader?
Het was niet eerlijk van haar om te zeggen: alles. Eigenlijk weet ze best wat er mis is. Niet iets met haar vader, maar iets met haar vader én haar moeder.
Twee jaar geleden zijn ze uit elkaar gegaan. Hoe en waar vergeet Sterre nooit meer. Nóóit meer!

Ze gingen op vakantie naar Frankrijk. Het was nota bene de eerste dag, maar vanaf het vertrek was de sfeer al om te snijden geweest. Haar moeder zei aan

een stuk door hatelijke dingen.

'Jij wilt het altijd alleen voor het zeggen hebben,' had haar moeder gesneerd. 'Rijden, rijden, rijden. Of Sterre nu moe is of niet, dat doet er niet toe. Ik wil een hotelletje zoeken.'

'Als we doorrijden, zijn we er iets na middernacht en dan hebben we wel een dag extra aan zee,' antwoordde haar vader.

'Een extra dag om te slapen, om bij te komen van deze ellende, zul je bedoelen.'

'Ik zal bij de volgende afslag van de snelweg af gaan, maar een slaapplek zoeken kost óók tijd. Sterre kan zo toch lekker op de achterbank slapen. Dat scheelt een dag rijden voor haar.'

'Je zegt dat gewoon om Sterre voor je te winnen.'

'Wat jammer dat jij alles alleen maar negatief ziet. Wat ik ook doe, het deugt niet in jouw ogen.'

'Kunnen jullie je nou niet eens één dag normaal gedragen?' had Sterre op een gegeven moment uitgeroepen. 'Of misschien één uur? Of misschien een half uur? Kunnen jullie misschien ook rekening met mij houden? Hoe denken jullie dat dat rotgeruzie voor mij is? Ik ben jullie kind, hoor! Waarom hebben jullie eigenlijk een kind?'

'Zeg dat maar tegen je vader,' had haar moeder gezegd.

'Pap,' had Sterre toen gevraagd, 'wil je alsjeblieft gewoon doen wat mama zegt? Dan is er tenminste geen ruzie. Ik heb zo helemaal geen zin in de vakantie. Ik houd dit nooit drie weken vol. Ik houd het niet eens

44

een dág vol. Ik word helemaal stapelgek van jullie.'
Sterre had er een heel harde gil achteraan gegeven. Er
bestaan mensen die met hun gil glazen kunnen laten
springen. Het was een wonder dat van haar gil de au-
toruiten niet in gruzelementen gebarsten waren.

Was er toen iets geknapt bij haar vader? Sterre heeft
altijd het gevoel gehouden dat wat er toen gebeurde
eigenlijk haar schuld was. Want toen Sterre dat gezegd had, parkeerde haar vader de auto aan de kant
van de weg. Hij pakte zijn rugzak uit de kofferbak.
'Hier zijn de autopapieren,' zei hij tegen haar moeder.
'Mag ik mijn paspoort?' Dat bewaarde haar moeder
altijd in haar tasje.
Sterres hart hield op met kloppen. Dit kon haar vader
niet menen.
'Pap!' riep ze. 'Doe niet zo stom. Wat is er met je aan
de hand?'
'Ik ga,' had haar vader gezegd. 'Het komt niet door
jou, Sterre. Onthoud dat goed. Maar ik kan dit ook
niet meer. Ik word er net als jij stapelgek van.'
'Pap, je kunt toch niet zomaar gaan? En ons hier ach-
terlaten?'
Sterres moeder zei niets. Die keek als een zombie
voor zich uit.
'Ja, Sterre, ik ga wel. Het moet wel. Ik ben bang dat
we inderdaad allemaal doordraaien als we zo verder-
gaan. Ik moet echt op mezelf zijn en alles op een rijtje
zetten. Geloof me dat ik óók ga om jou te bescher-
men. Het is niet goed voor je om steeds tussen ruziën-

de ouders in te zitten. Zul je nooit vergeten dat ik ontzettend veel van je hou?'

Marius had haar opgetild alsof ze nog een klein kind was.

'Waarom denk je dat je zo moest gillen net? Omdat mama moet ophouden.'

'Maar lieverd, ik ben bang dat mama nooit ophoudt. Het gaat gewoon niet tussen ons. Ik ben er doodmoe van. Ik kan het niet meer aan. Ik laat je niet in de steek, Sterre. Ik wil dat je het goed hebt.'

'Pap! Ik wil niet dat je gaat!'

Maar haar vader had zijn rugzak omgedaan en was gaan lopen. Langs de snelweg. Naar …?

Dat beeld van haar vader, die in de verte steeds kleiner werd, zou Sterre nooit meer vergeten. Hoe ze ook haar best deed om er nooit meer aan te denken, het lag altijd op de loer. Als ze er even niet op bedacht was, schoot het naar boven en zag ze hem weer weglopen.

'Mam!' Sterre had haar moeder door elkaar gerammeld. Zelf durfde ze niet achter haar vader aan te rennen. 'Ga naar papa toe! Laat hem niet zomaar weglopen! Hij wil je vast alleen maar aan het schrikken maken.'

Haar moeder was doodstil blijven zitten.

Na een tijdje kon Sterre haar vader niet meer zien. Ze was in het gras aan de kant gaan zitten. Ze kon niet geloven wat er gebeurd was. Haar moeder zat nog steeds als een standbeeld in de auto.

Toen het leek alsof er wel een dag voorbij was gegaan, stapte haar moeder uit de auto. 'Ik denk dat dit het beste is,' zei ze tegen Sterre. 'Het was inderdaad geen doen meer zo.'

'Mam, wat praat je idioot,' had Sterre gezegd. 'Gaan jullie soms scheiden?'

Haar moeder had gezwegen.

'Jullie kunnen toch ook proberen normaal met elkaar om te gaan? Als ik weleens ruzie heb, zeg jij ook dat ik het weer goed moet maken. Nou dan.'

'Het is wat anders, als kinderen ruzie maken. Dit is iets van grote mensen. Dat is moeilijk te begrijpen.'

'Ik heb nog nooit zo veel onzin gehoord,' riep Sterre uit. 'Het is precies andersom.'

'Kom, Sterre,' zei haar moeder. 'Stap maar in de auto. We gaan.'

Zelf stapte ze aan de bestuurderskant de auto in.

'Jij mag nu voorin zitten.'

'Waar gaan we naartoe? Gaan we papa achterna?'

'Nee,' had haar moeder gezegd. 'We gaan een hotelletje zoeken. We laten onze vakantie echt niet bederven door die man.'

Sterre had haar moeder ongelovig aangekeken. Dat kon ze toch niet menen?

Maar haar moeder meende het wel.

'Ik denk dat het goed is dat papa en ik elkaar even niet zien. Ik weet zeker dat jij en ik samen een leuke vakantie zullen hebben. In elk geval hoeven we met Marius geen rekening meer te houden. We kunnen lekker samen beslissen wat we gaan doen.'

'Lekker?' Sterre snapte er niets van, maar dan ook echt helemaal niets.

Het is de naarste vakantie van haar leven geworden. O ja, ze werd ontzettend verwend door haar moeder. Ze mocht alles: laat naar bed, zo veel ijs als ze wilde, naar zee, naar een pretpark. Haar moeder vond alles best.

Maar van Sterre hoefde het eigenlijk niet. Ze had elke dag naar huis gebeld. Na een week was Marius pas thuis. Hij was goed aangekomen. Dat was een geruststelling. Maar echt leuk was die vakantie geen minuut geweest. Toen ze na drie weken thuiskwamen, was haar vader bij een vriend ingetrokken. Een paar maanden later had hij zijn flatje gevonden en was hij verhuisd.

De knobbelzwaan

Bij knobbelzwanen zijn het mannetje en het vrouwtje elkaar hun hele leven trouw. Zou dat zijn omdat het zulke prachtige vogels zijn? Zouden ze eeuwig verliefd blijven?

Het nest van de knobbelzwaan is een enorm bouwwerk. Het kan wel 4 meter in doorsnede zijn en 75 centimeter hoog. Vader en moeder zwaan bouwen het nest samen aan de rand van het water. Ze bouwen het van takken, riet en stro. Het vrouwtje legt vier tot zes eieren en broedt dan ruim zeven weken. De kuikens zijn lichtgrijs van boven en wit aan de onderkant. Soms zie je het hele gezin zwemmen. Moeder voorop, dan vader en daarna de kuikens. O, wat zien ze er trots en edel uit! Als ze nog heel klein zijn, draagt het vrouwtje haar kuikens ook wel op de rug.

De knobbelzwaan ziet er vriendelijk en sierlijk uit, maar pas op! Zeker tijdens het broedseizoen waakt vader knobbelzwaan over zijn territorium. Waag je je op zijn gebied of in de buurt van het nest, dan wordt vader ontzettend boos. Hij bolt zijn vleugels over zijn rug, buigt zijn hals en laat een agressief gesis en getrompetter horen. Maak dat je wegkomt! Met één mep van zijn loeisterke vleugel kan hij zo je been breken.

[www.beest-en-bende.nl]

Snake

'Ben je hier, Sterre?' Marius klopt op de deur en kijkt om de hoek. 'We moeten zo meteen gaan. Het bezoekuur begint over een kwartier.'

Sterre loopt haar kamertje uit. 'Zal ik mijn tas maar meteen meenemen?'

'Als je dat wilt, maar misschien kun je beter hier blijven de komende dagen.'

'Mama heeft heus wel een oplossing bedacht,' antwoordt Sterre.

Haar moeder is wakker, hoewel ze er nog wel bleek en moe uitziet. Ze glimlacht naar Sterre. Sterre zet haar tas naast de deur neer. Ze geeft haar moeder een zoen en gaat op de stoel naast het bed zitten.

'Voel je je al wat beter?' vraagt Sterre.

'Ja, hoor. Waarschijnlijk mag ik over drie of vier dagen al naar huis. Ze willen nog een paar dingen in de gaten houden.'

'Hoe doe je dat dan thuis, met dat been?'

'Krukken, een rolstoel en wat hulp,' zegt haar moeder. 'Van jou bijvoorbeeld. Van mijn lieve, grote dochter. Ik zal de eerste weken ook wel hulp van vriendinnen krijgen.'

Sterre lacht. 'Tuurlijk help ik jou. Het duurt gelukkig nog twee weken voor de school weer begint. Ik kan boodschappen doen en koken. Dat lukt allemaal best.'

Haar moeder glimlacht, maar ineens verandert haar glimlach en klemt ze haar lippen op elkaar. Sterre voelt wat er gebeurt. Haar rug trekt er helemaal hol van. Nee, hè!

Marius is de kamer komen binnenlopen. Dat hij dat zomaar doet!

Haar moeder keert haar hoofd van Sterre af. En van Marius dus, die achter Sterre staat. Nooit heeft stilte zo veel herrie gemaakt. Sterre voelt de nare gedachten van haar ouders over haar hoofd heen en weer flitsen. Dit gaat niet goed. Ze wil dit niet meemaken.Ze duikt naar beneden, graait haar mobieltje uit haar jas, die op de grond ligt. Je mag in een ziekenhuis geen mobiel aan hebben, maar dat kan haar nu even niks schelen.

Snake! Daar is ze goed in.

'Ik heb liever dat je weggaat,' zegt haar moeder. 'Ik wil niet dat je zomaar deze kamer binnenloopt.'

Sterre wil het liefst haar vingers in haar oren stoppen, of gillen, maar ze doet alsof ze niets hoort.

'Karin,' zegt Marius, 'we moeten even praten.'

'Ik moet niks.'

'Heb je al iemand gevonden om voor Sterre te zorgen? Ik doe het graag.'

Shit, nu al gebotst. Dan maar een niveau lager.

'Ik wil dat je weggaat. Ik kan ook de verpleging erbij roepen.'

'Ik laat Sterre hier niet zomaar achter, als er niets voor haar geregeld is. Ik ben nog altijd haar vader.'

'Je maakt misbruik van de situatie.'

'Karin, hou nou eens op.'

'Nee, ik hou niet op. Je hebt het recht niet om hier te komen. Je moet oprotten.'

'Ik maak me alleen zorgen om Sterre.'

Sterres hoofd doet pijn van de scherpe woorden van haar moeder. Waarom doet ze toch zo?

'Nu heb je je zin,' zegt haar moeder. 'Je geniet er vast van dat ik hulpeloos in het ziekenhuis lig.'

'Je vergist je, Karin.'

'Ik zorg heus wel dat het goedkomt met Sterre. Daar heb ik jou niet voor nodig,' zegt haar moeder.

Shit, opnieuw. Het moet lukken. Spelen maar, net doen alsof je niets hoort.

'Karin, alsjeblieft. Zeg dan waar Sterre naartoe moet. Dan zal ik dat regelen.'

'Jij hoeft niks te regelen voor me. Dat kan ik prima zelf.'

'Ik wil niks regelen voor jou, maar iets voor mijn dochter Sterre. Ja, en het liefst wil ik zelf voor haar zorgen.'

Ja, ja, het lukt, deze slang is al lang. Shit! Weer mislukt. Toch nog maar een niveau lager? Dan lukt het waarschijnlijk wel.

Sterres moeder is een tijdlang stil.

'Ik had Moniek willen vragen, maar ik kan haar niet bereiken.'

'Is het niet net zo handig als Sterre zolang met mij meegaat?'

Weer is Sterres moeder even stil. 'Vraag het Sterre zelf maar dan. Laat haar maar kiezen, maar jij weet ook wel dat Sterre je niet meer wil zien. Ze moet niets

meer van je hebben.'
'Sterre ...?' vraagt haar vader.
Naar links, rechts, omhoog ... hou op!

Sterre schiet terug in de tijd. Met een ruimteschip
flitst ze een zwart gat in. Wéér ruzie! Ruzie om haar.
Zie je wel. Ze maken ruzie om haar. Sterre rilt.
En zij zou moeten kiezen? Tussen haar vader en haar
moeder? Maar ze hád toch gekozen? Ze was toch van
dat getouwtrek af? Ze had het contact met Marius
toch verbroken? Ze hadden er toch een punt achter ge-
zet? Het was nu toch mama en zij? Haar hoofd barst
bijna uit elkaar. Ze wil dit niet. Niet nog een keer. Ze
wil dit nooit meer. Never, never, nooit meer.
En dan neemt ze haar besluit. Een koelbloedig besluit.
Eigenlijk neemt ze het besluit niet eens echt zelf. Ze
kan gewoon niet anders meer, of er gaat weer zo'n gil
komen. En dan knallen hier niet alleen alle ruiten,
maar ook alle medicijnflesjes uit elkaar.
Sterre weet onmiddellijk hoe ze het gaat aanpakken.
Ze staat op.
'Ik wil nog even wat te drinken halen in het restaurant.
Dat geeft toch niks, hè? Dan kunnen jullie even alleen
praten.'
Haar vader pakt meteen zijn portemonnee uit zijn
broekzak en geeft die aan Sterre.
'Bedankt. Ik ben over tien minuten terug.'
'Tien minuten!'
'Ja, mam. Ik wil er even alleen over nadenken. Ik vind
het hartstikke moeilijk.'

Bij de deur grist ze snel haar tas mee. Niemand heeft iets gemerkt. Het is gelukt! In de lift kijkt Sterre in haar vaders portemonnee. Gelukkig, ze ziet twee briefjes van 50 euro. Zijn bankpasjes zitten er ook in, maar die heeft ze niet nodig. Ze kent die codes toch niet en zonder pasjes is het ook wel erg lastig voor hem. Die chipknip is wel handig natuurlijk. Sterre pakt de briefjes, de chipknip en het losse muntgeld en frommelt dat in haar broekzak. De lift stopt op de begane grond. Snel doet ze de portemonnee dicht. Ze loopt naar de receptie.

'Ik vond deze portemonnee in de lift,' zegt ze tegen de mevrouw. 'Die is vast iemand kwijt.'

'Bedankt, joh! Hoe heet jij?'

'Sterre. Sterre van Buren.'

'Heb je nog een telefoonnummer?'

Wat wil die vrouw toch? Als ze nou even opschiet ...

'Soms wil een eigenaar de eerlijke vinder iets geven als bedankje,' legt de mevrouw uit. 'Vindersloon, weet je wel?'

'O, zo.' Sterre geeft het mobiele nummer van haar moeder op. 'Ik moet gaan,' zegt ze. 'Dag.'

'Waar ga je naartoe?' roept de mevrouw haar achterna.

Het is goed met jou, denkt Sterre. Daar heb je niets mee te maken. Straks mislukt mijn plan nog.

Ze geeft geen antwoord meer, maar zegt wel beleefd goedendag. Ze sjort haar tas op haar rug en loopt snel door de schuifdeuren naar buiten. De bushalte is naar rechts. Van hieruit gaan twee lijnen allebei naar het

station. Als er nu maar snel eentje komt voor haar ouders haar missen. Ze voelt zich net een inbreker, een
soort omgekeerde inbreker. Ja, dat is het. Ze is een
uitbreker.

De orang-oetan

De orang-oetan is een mensaap. Orang-oetans zwerven meestal in hun eentje door het bos. Als je er een paar samen ziet, kun je er donder op zeggen dat je met een moeder en één of hooguit twee kinderen te maken hebt. Een mannetje blijft namelijk maar een paar weken bij een vrouwtje. In die tijd vrijen ze samen. Misschien had het mannetje wel langer willen blijven, maar het vrouwtje is hem al snel beu. Om van haar mannetje af te raken, doet ze dit: ze klimt heel hoog een boom in. Voor de dunne, bovenste takken is een mannetje te zwaar. Hij weegt 60 tot 90 kilogram, zij 30 tot 50. Het mannetje wacht nog een tijdje, maar geeft het dan op en verdwijnt het oerwoud in.

Een jonge orang-oetan is een echt moederskindje. De eerste vijf tot zes jaar blijft het jong dicht bij zijn moeder in de buurt in de boom hangen. Bij de meeste dieren staan jongen na een of twee jaar toch wel zeker op eigen benen. Bij orang-oetans niet. De moeder vertroetelt haar jong al die jaren. Maar ja, een orang-oetanmoeder krijgt in haar leven dan ook maar een paar kinderen. De moeder leert haar jong alles. Klimmen, slingeren, voedsel zoeken en een slaapnest bouwen boven in een boom. Het jonge aapje kruipt al die tijd bij zijn moeder in het nest.

[www.beest-en-bende.nl]

Kiki

Er was gelukkig meteen een bus gekomen. Nu staat Sterre in de hal van het station in Tilburg. Kiki woont in Amersfoort. Welke trein moet ze nemen?

Als ze naar het loket gaat, kan ze dat allemaal vragen. Maar misschien wekt ze dan wel argwaan. Ze ziet er dan wel oud uit voor haar leeftijd, maar tenslotte is ze pas elf.

Sterre kijkt eens goed op het bord met alle stations. Er is geen enkel lijntje direct van Tilburg naar Amersfoort. Ja, ze moet eerst naar 's-Hertogenbosch. Daar moet ze overstappen naar Utrecht. In Utrecht kan ze de trein naar Amersfoort nemen.

Op school hebben ze met verkeer de kaartjesautomaat al gehad. Jammer, dat ze nu geen railrunner kan nemen. Maar ja, dan had ze nu een van haar ouders bij zich gehad. Nou, daar heeft ze toevallig toch helemaal geen trek in. Wat een stomme ouders!

Misschien schrikken ze nu eens een keer. Misschien gaan ze nu ook eens rekening met haar houden? Ze had niet anders gekund dan weggaan. Welk kind wil nou steeds weer tussen zijn ouders moeten kiezen?

Waarom had mama net nou zo hard en gemeen gedaan? Nu Sterre erover nadenkt, vindt ze het helemaal niet gek dat Marius wilde overleggen. Híj was tenslotte toch door Jaap gebeld om haar op te halen? Mama maakte alles veel erger dan nodig was.

Sinds de scheiding, nee, misschien haar hele leven al, had Sterre het gevoel dat zij de hoofdprijs was in een wedstrijd tussen haar vader en moeder. Ze had na de scheiding gedacht daarvan af te zijn. Niet, dus. Uiteindelijk had ze het contact met Marius een jaar geleden stopgezet. Ze kon er gewoon écht niet meer tegen. Elk weekeinde nadat ze bij haar vader was geweest, hoorde haar moeder haar uit.

'Hoe was het bij Marius? Heeft hij een vriendin? Weet je dat zeker? Het is vast een puinhoop bij hem. Geeft hij je wel goed te eten? Wat? Zijn jullie naar een restaurant gegaan? Waarom doet hij dat? Hij kan makkelijk de lieve vader uithangen, als je alleen in de weekeinden bij hem bent. Geeft hij je soms ook cadeautjes? En ga je wel op tijd naar bed bij hem?'

Sterre kon er ook steeds minder goed tegen, als ze merkte dat haar moeder overstuur raakte als haar Marius-weekeinde eraan kwam. Sterre hoefde maar íéts te zeggen of haar moeder zette haar zielige gezicht op en begon te zuchten. Dat wilde Sterre haar moeder niet langer aandoen. En zichzelf eigenlijk ook niet. Ook al had ze een vaag gevoel dat haar moeder vals speelde.

En haar vader? Die had nog een halfjaar geprobeerd haar over te halen om toch te komen. Maar Sterre kon het doodeenvoudig niet meer. Ze vond het allemaal veel te moeilijk. Toen heeft hij het opgegeven. Hij moest wel. Leuk was het natuurlijk niet, maar het was wel rustiger zo. Geen gezeur meer aan haar hoofd. Eindelijk liet haar moeder haar met rust en werd er niet meer over Marius gesproken.

Nee, alles leek goed te gaan. Tot vandaag.

Houdt een scheiding dan nooit op?

Ineens moet Sterre ondanks alles een beetje zenuwachtig giechelen. Ze zijn wel een wegloopfamilie. Eerst haar vader en nu zijzelf! Misschien heeft ze dat wel van hem. Zou weglopen erfelijk zijn? Of zou hij zich net zoals zij gevoeld hebben? Alsof je uit elkaar zult spatten als je nog langer zou blijven? Zou Marius ook echt niet anders gekund hebben? Mama deed vaak erg naar tegen hem ...

Naar station Amersfoort dus. Sterre kijkt op het scherm en klikt enkele reis aan. Daarna de A en Amersfoort. Tweede klas, vol tarief, vandaag geldig, één kaartje. Dat kost € 12,20. Sterre schuift de chipknip in de gleuf. Even later floept het kaartje in het vakje onderaan. Dan kijkt ze op het bord met de vertrektijden.

'Perron 1,' zegt ze hardop, 'om 9 minuten over 4.'

'Moet je ook naar Breda?' vraagt een oudere dame naast haar.

'Nee, ik ga naar Amersfoort, naar mijn vriendin. Ik mag daar logeren.'

'Knap van jou, hoor, dat je al alleen kunt reizen. En jammer dat je de andere kant op moet. Anders konden we gezellig samen kletsen.'

'Ja,' antwoordt Sterre, maar ze is eigenlijk blij dat ze niet dezelfde trein hoeven te hebben. Die mevrouw lijkt haar best aardig. Zij is alleen niet zo goed in lie-

gen. Ze zou zo haar mond voorbij kunnen praten. Het is beter dat niemand weet dat ze aan het weglopen is.

De reis gaat perfect. Het is raar, maar Sterre loopt bijna naast haar schoenen van trots. Voor het eerst maakt ze een echte treinreis in haar eentje. Het is maar goed dat haar beltegoed allang op is, anders zou ze nog per ongeluk haar moeder bellen om het te vertellen. Het is halfzes als Sterre in Amersfoort uit de trein stapt.
Wat nu?
Ze loopt langs de kiosk en de snackbar. Eerst een frietje en wat te drinken. Daarom was ze toch naar het restaurant gegaan in het ziekenhuis? Het was wel een smoes geweest. Toch knort haar maag flink nu. Ze vist een paar euro uit haar broekzak. Even later zit ze te genieten op een bankje voor het station naast de telefooncellen.

Ze gaat Kiki bellen. Dat is beter dan plotseling voor haar neus staan. Bovendien weet ze de weg naar Kiki's huis niet. In haar tas zoekt ze haar adressenboekje.
'Met Tuinders.'
'Ja, hallo, u spreekt met Sterre. Is Kiki in de buurt?'
'Ja zeker. Ik roep haar meteen. Kiki! Maar zeg eens, Sterre. Hoe is het met je moeder?'
'Best goed. Ze zal alleen een tijdje in een rolstoel moeten.'
'Gelukkig maar dat het goed gaat. Ik hoop dat ze niet te veel pijn heeft. Hier is Kiki. Je zult haar wel alles willen vertellen, denk ik. Dag Sterre, hou je taai,

meid.'

'Sterre!'

'Hoi Kiki.' Ineens lijkt het alsof al het stoere door de telefoondraad wegstroomt. Nu Sterre Kiki aan de lijn heeft, weet ze niet wat ze moet zeggen. Wat heeft ze gedaan? Ze is zomaar weggelopen. Haar ouders zijn vast hartstikke ongerust. Sterre ziet haar moeder weer voor zich in het ziekenhuis met haar been omhoog. Zou ze nu om haar moeten huilen? Misschien hebben ze de politie wel ingeschakeld.

'Hé, wat is er?' vraagt Kiki. 'Zeg eens wat. Is er iets?'

'Ik heb wat ergs gedaan.'

Het is even stil.

'Ik sta hier op het station in Amersfoort,' zegt Sterre dan. 'Ik ben weggelopen.'

'Weggelopen?'

'Ja, uit het ziekenhuis. Ik kon er niet meer tegen.'

'Heeft het iets met je vader te maken?' vraagt Kiki.

'Eigenlijk meer met mijn vader én mijn moeder. En misschien nog wel meer met mijn moeder. Nou zijn ze al twee jaar uit elkaar en ze maken nog steeds ruzie. Gewoon waar ik bij zit, waar ik tussen zit zelfs. Ze zijn gek.'

'Wacht. Ik woon niet ver bij het station vandaan. Ik kom naar je toe. Waar ben je?'

'In een telefooncel.'

'Ha ha, ja, dat had ik kunnen raden. Blijf daar maar in de buurt. Ga maar op een bankje zitten. Dan kom ik naar je toe. Ik ben er over tien minuten.'

Het duurt twaalf minuten. Sterre ziet Kiki al in de verte aan komen fietsen. Met Kiki erbij zal alles goedkomen. Dat weet Sterre zeker. Ze staat op en zwaait met haar armen.

'Ik had niet gedacht dat ik je zo snel alweer zou zien!' Kiki lacht erbij.

'Vanmorgen lijkt anders wel een eeuwigheid geleden.'

Kiki zet haar fiets op de standaard en duwt Sterre weer op het bankje.

'Nu moet je me wel alles vertellen. Enne, ik ben je vriendin. Ik houd alles geheim, tenminste, zolang jij dat wilt. Je moest nu zeker met je vader mee?'

Sterre vertelt alles. Van de flat van Marius en van Sammie, van de ruzie in het ziekenhuis, hoe haar ouders haar wilden laten kiezen, hoe ze de portemonnee van Marius vroeg en hoe ze met de trein reisde. Kiki heeft haar mond open, zo spannend vindt ze Sterres verhaal. Toen ze begon te vertellen voelde Sterre zich net een leeggelopen ballon. Nu ze alles aan Kiki heeft verteld, is die ballon weer stevig en rond. Nog even en hij kan zo de lucht in.

Sterre heeft zich altijd geschaamd voor haar ouders. Die gedragen zich zo stom. Daar ga je toch niet mee te koop lopen? Het is fijn om nu alles tegen Kiki te kunnen zeggen. Kiki, die ze pas twee weken kent.

'Wat afschuwelijk allemaal,' zegt Kiki. 'En wat zou je nu willen?'

'Ik zou het liefst een paar dagen bij jou willen blijven tot mijn moeder weer thuis is.'

Kiki schuift wat dichter tegen Sterre aan. 'Misschien kan dat wel,' zegt ze, 'maar dan denk ik toch dat je het mijn ouders zult moeten vertellen. Ik weet ook zeker dat zij je ouders willen bellen. Die zijn natuurlijk helemaal in paniek.'

'Ja, er zal wel niks anders op zitten.' Sterre zucht ervan. Hoe gaat dit allemaal aflopen? 'Maar zullen we dan eerst nog een lekker ijsje eten? Ik heb wel frietjes op, maar nog geen toetje. Vandaag heb ik geld zat!'

'En vandaag zullen je ouders daar vast niet moeilijk over doen,' grinnikt Kiki. 'Die hebben wel wat anders om zich druk over te maken. Ik sla een ijsje niet af. Lekker! Daar hebben ze het lekkerste verse ijs met vruchten,' wijst ze. 'Kom.'

De bidsprinkhaan

Denk niet dat de bidsprinkhaan een lief beestje is, ook al heeft hij zo'n vrome naam. Hij heet alleen maar zo vanwege de biddende houding die hij aanneemt als hij op een prooi wacht. Hij staat dan op zijn vier achterpoten en richt zijn voorpoten omhoog. Zo staat hij doodstil te wachten tot er een insect langskomt. Dan schiet hij razendsnel te voorschijn en grijpt zijn prooi tussen zijn voorpoten: twee tangen met haken. Met zijn vlijmscherpe snijkaken vreet hij zijn prooi levend en wel op.

Natuurlijk zijn er meer dieren die prooien eten, maar de bidsprinkhaan maakt het pas echt gruwelijk. Bidsprinkhanen zijn kannibalen. Daarom leven bidsprinkhanen altijd in hun eentje. Een soortgenoot begint namelijk onmiddellijk te likkebaarden bij het zien van zo'n lekker hapje. Maar voor één ding heb je wel twee bidsprinkhanen nodig: om te paren. Je hebt pech, als je een mannetje bent. Dan word je verleid door het vrouwtje, maar zodra je aan het paren bent, bijt zij je kop eraf. Dat is dus éénmaal en nooit meer. Ook pasgeboren bidsprinkhaantjes zijn trouwens vraatzuchtig. Meteen uit het ei beginnen ze te schransen. In het begin zijn dat vliegjes en muggen, later wagen ze zich ook aan bijen, vlinders, spinnen en ja ... aan elkaar!

[www.beest-en-bende.nl]

Logeren

Ze lopen naar Kiki's huis. Zij tweetjes én de tas passen niet op de fiets. Sterres tas ligt nu op de bagagedrager. Sterre houdt hem vast. Het is niet ver lopen.

'Wil jij het aan je ouders uitleggen?' vraagt Sterre. 'Ik durf niet goed. En jij weet precies hoe het in elkaar zit.'

'Tuurlijk,' zegt Kiki, 'maak je maar niet druk. Ik weet zeker dat alles goedkomt. Ook met jou en je ouders.'

Kiki woont in een oud huis in het centrum. Haar ouders hebben waarschijnlijk wel door dat er iets aan de hand is. Ze gaan meteen met zijn vieren in de voorkamer zitten. Kiki vertelt alles zo goed mogelijk. Af en toe kijkt ze Sterre aan. Zeg ik het zo goed? lijken haar ogen te vragen. Pas als Sterre dan knikt, gaat Kiki verder.

'Dat is niet gemakkelijk voor je, Sterre,' zegt de moeder van Kiki. 'Voor je ouders ook niet trouwens. Wij wisten al dat je weggelopen was uit het ziekenhuis. Een halfuur geleden kregen we een telefoontje van je vader. Hij had ons nummer bij het zomerkamp opgevraagd. Hij vroeg of we meteen wilden bellen, als we iets van je hoorden. Hij maakt zich vreselijk veel zorgen. We hebben beloofd dat we meteen wat zouden laten horen. Wat vind je daarvan?'

'Ik weet het niet.' Sterre draait sliertjes van haar haren. 'Ik vind het rot dat ze ongerust zijn, dus daarom vind ik het wel goed dat u belt. Maar ik ben bang dat mijn vader me dan komt halen.'

'Papa en mama,' zegt Kiki, 'mag Sterre hier niet blijven logeren totdat haar moeder uit het ziekenhuis is?'

De vader van Kiki knikt. 'We zullen het aan de vader van Sterre overlaten. Misschien vindt hij het wel goed. Hij zei ook dat hij en de moeder van Sterre nog het een en ander uit te praten hebben.'

'Ja,' zegt Sterre, 'het lijkt mij ook het fijnst als ik hier mag logeren.'

De vader van Kiki pakt de telefoon en belt naar Marius. Hij blijft in de kamer zitten, zodat Sterre het gesprek kan volgen.

'Sterre, je vader zou het fijn vinden als je even aan de lijn kwam. Wil je dat?'

Sterre neemt de telefoon over en loopt ermee naar de keuken. Zij wil wel liever even zonder toehoorders praten. Dat snappen ze daar binnen best.

'Sterre?'

'Ja?'

'Ik begrijp je wel, hoor. Wat een stelletje stomme ouders zijn wij.'

'Ja, behoorlijk.'

'Ik snap nu ook nog beter hoe het voelt, als iemand je verlaat. Wat heb ik me een zorgen gemaakt de afgelopen uren.'

'Net goed.'

'Misschien wel, Sterre. Je bedoelt natuurlijk dat ik zelf ben weggelopen op vakantie, toen? Heb ik daarover wel eens echt duidelijk "sorry" tegen je gezegd? Ik doe het bij deze nog een keer: sorry, Sterre. Niet dat we bij elkaar hadden kunnen of moeten blijven, maar mijn manier is niet de goede geweest. Ik had dat voor jou nooit zo mogen doen. Het spijt me heel erg.'

Sterre is stil. Ze slikt en ze haalt haar neus even op.

'Sterre?'

'Ja.'

'O, ik vroeg me af of je er nog was. Weet je, ik vind het een goed idee dat je een paar dagen bij Kiki blijft logeren. Dan kunnen we allemaal even laten bezinken wat er is gebeurd en hoe we nu verder moeten gaan. Je moeder vindt het ook goed dat je bij Kiki blijft.'

Weer haalt Sterre haar neus op.

'Sterre, ik wil niks liever dan vriendschap met je moeder sluiten. Ik hoop dat we met iemand gaan praten die ons dat kan leren en ons daarbij kan helpen. Volgens mij word jij toch het meest de dupe van ons geruzie.'

'Dat heb je goed gezien. Ik vind het echt debiel zoals jullie doen.'

'Sterre, ik denk dat je moeder het er nog steeds moeilijk mee heeft dat we gescheiden zijn. Ze is boos. Ze snapt wel dat er geen weg terug meer is. Daarvoor is er te veel gebeurd en zijn we te veel uit elkaar gegroeid. Maar je moeder kan maar geen vrede sluiten.'

'Marius?'

'Ja?'

'Ik hoop dat jullie er iets aan gaan doen.'

'Vind je het goed dat ik je over een paar dagen weer

bel?'

'Ja, dan hang ik nu op, hè?'

'Dag meisje van me. Ik wil jou niet kwijt, zul je dat nooit vergeten?'

'Doei.'

'O ja, het laatste nog, Sterre. Mama belt je vanavond ook nog op.'

'Oké. Dag.'

Sterre mag bij Kiki op de kamer slapen. Samen sjouwen ze er een matras naartoe. Kiki heeft echt een leuke kamer. Je kunt wel zien dat ze ook van dieren houdt. Ze heeft een stuk of tien dierenposters aan de muur hangen. Haar dekbed lijkt wel een tijgervel en de sfeer van de kamer is een beetje oerwoudachtig.

'Dat logeren hebben we toch alvast maar voor elkaar!' lacht Kiki.

En dan begint Sterre te lachen. Het begint als een kriebel in haar buik. Maar die kriebel wordt een gerommel tot ze totaal de slappe lach heeft. Kiki doet even hard mee.

'Ik vind jouw oerwoud hier de beste plek om aan onze dierensite verder te werken,' hikt Sterre.

'Ja, en wij zijn de beesten.'

'Neehee,' lacht Sterre, 'ouders zijn de beesten.'

'Klopt,' zegt Kiki, 'zelfs die van mij. Je zou het zo niet zeggen, maar soms ... kan ik ze wel in de lianen knopen!'

Het is al negen uur als de moeder van Kiki de telefoon

komt brengen.

'Je moeder, Sterre.'

Sterre neemt de telefoon aan. Kiki loopt achter haar moeder aan mee naar beneden.

'Hoi mam, met Sterre.'

'Kindje, wat heb je nou toch gedaan? Je hebt me wel afschuwelijk laten schrikken door weg te lopen.'

'Mam ...'

'Je had toch iets kunnen zeggen!'

'Mam ...'

'En nou wil Marius weer praten. Wat móét ik daarmee?'

'Mam ...'

'Ik voel me zo machteloos nu ik hier in het ziekenhuis lig. Maar het is wel handig dat je nu bij je vriendinnetje bent.'

'Mam, luister nou eens naar mij.'

'Ik luister toch? Wat denk je dat ik hier aan mijn oor houd?'

'Nee, je luistert niet. Jij vindt de scheiding moeilijk. Nou, ik ook!'

'De scheiding is toch allang achter de rug?'

'Nee, een scheiding gaat nóóit over! Jij deed echt afschuwelijk in het ziekenhuis vanmiddag. Ik kan daar niet tegen.'

'Maar Sterre, ik deed dat voor jou. Je wilde toch zeker niet met Marius mee.'

'Mam, ik wilde niet dat jullie ruzie maken. Dat is iets heel anders. Het was weer net als vroeger. Jij wil maar steeds dat ik kies tussen jullie. Ik word daar knettergek van. Snap je dat dan niet? Het lijkt wel of je jaloers bent.'

'Maar Sterre, je hóéft toch niet te kiezen? Wij hebben het toch goed samen? Jij raakte steeds zo in de war als je bij Marius was geweest. Je zat al twee dagen ervoor en dan ook nog eens twee dagen erna in de put. Weet je nog dat je voortdurend hoofdpijn had? Het gaat nu veel beter met je.'

'Ja, dat vind jij! Maar ik heb mooi geen vader op deze goede manier van jou. Kiki heeft een hartstikke leuke grapjesvader. Vroeger had ik die ook.' Sterre denkt even na. 'Ik heb een veel beter plan. Jij moet maar eens leren om aardig te zijn. Ik wil een moeder én een vader hebben. Ik wil niet meer kiezen tussen jullie. Ik kán niet kiezen. Ik ben een dochter van jullie allebei. Maar als jij niet normaal kunt doen, ga ik bij Marius wonen. Ik ben bijna twaalf, dus dan mag ik zelf kiezen.'

'Sterre,' er klinkt een snik aan de andere kant van de lijn. 'Dus je wil liever naar Marius?'

'Mam, je bent zo stom jij, weet je dat wel. Nee, weet je wat je bent?'

Sterre wacht een ogenblik, alsof ze een aanloop gaat nemen om over een sloot heen te springen.

'Je lijkt wel een zwarte weduwe!'

'Een zwarte weduwe? Waar héb je het over?'

'Ja, een zwarte weduwe, dát ben je. Omdat je altijd probeert Marius zwart te maken. En verder lijk je er ook op.'

'Sterre, wat is er met je?'

'Ik heb nu even geen zin meer om met je te praten. Ik hang op.'

Sterre is boos, boos op haar moeder, boos als nooit tevoren. Denkt haar moeder soms dat ze voor haar lol is weggelopen? Alsof ze het doet om haar moeder te pesten? Ze heeft altijd voor haar moeder gekozen. Ze heeft het altijd voor haar opgenomen, maar nu is haar moeder gewoon te ver gegaan.

Het is waar wat Marius zei. Het is goed dat ze alledrie nu kunnen laten zakken wat er gebeurd is.

Sterre is al vier dagen bij Kiki. Gek genoeg denkt ze maar heel af en toe aan haar vader en moeder en de hele wirwar. Kiki en zij zijn veel te druk bezig met hun site. De rubriek dierengezinnen is klaar. Ook nesten en holen en sporen van dieren hebben ze af. De dierenencyclopedie hebben ze uiteindelijk toch maar laten schieten. Dat bleek zó veel werk te zijn. Bovendien zijn er op internet al veel dierenencyclopedieën. Op de sites van dierentuinen, het Wereld Natuurfonds en kindertijdschriften stond alles eigenlijk al. Met een paar goede links was hun encyclopedie klaar.

Af en toe gunnen ze zichzelf de tijd om te gaan zwemmen. Het weer is niet zo super meer, maar het Sportfondsebad is elke dag open en dat is overdekt.

Het is dinsdagmiddag als Sterres moeder belt.
'Hoe is het met mijn dochter?'
'Goed, hoor.'
'Ik ben weer thuis.'

'Lukt het een beetje?'

'Ja, ik moet er alleen op letten dat ik regelmatig met mijn been omhoog ga zitten.'

'En hoe doe je dat met het huishouden en zo?'

'Moniek komt hier een tijdje logeren. Zij kookt voor ons. Overdag lukt alles verder wel. Misschien kun jij de boodschappen doen en een beetje helpen.'

'Oké.'

'Zeg, Sterre, ik denk dat Moniek je nu wel kan komen ophalen.'

'Ik denk het niet.'

'Hoezo niet? Wil je nog langer bij Kiki logeren?'

'Nee, mam, dat is het niet. Ik wil graag dat Marius me komt ophalen.'

'Marius? Wat doe je toch moeilijk.'

'Nee, mam, ik meende wat ik zaterdag tegen je zei.'

Aan de andere kant van de lijn blijft het stil.

'Mam?'

'Ja.' Haar moeder klinkt nogal zielig. Er zit een bibber haar stem.

'Je hoeft heus niet bang te zijn dat ik je in de steek laat, maar ik wil óók een vader hebben toevallig. En jij mag me niet langer opstoken tegen hem.'

'Sterre, ik weet niet waar ik dit allemaal aan te danken heb. Ik heb dit niet verdiend. Maar als jij dit zo wilt, dan heb ik weinig andere keus.'

'Dat klopt.'

'Bel jij Marius zelf?'

'Ja, mam. Ik bel je als ik meer weet.'

De dubbele neushoornvogel

De dubbele neushoornvogel heeft een enorme snavel.
Hij gebruikt die holle hoorn als klankkast om met
soortgenoten op kilometers afstand te kunnen com-
municeren. Je hoort hem trouwens toch wel van verre,
want hij maakt met zijn vleugels een geweldig lawaai.
Ja, het gaat om een hij, want zijn vrouwtje lijkt vooral
tijdens het broedseizoen wel van de aardbodem verdwenen. Zij is dan ingemetseld in een holle boom-
stam. Dat inmetselen doet ze samen met haar man.
Van uitwerpselen, speeksel, voedselresten en vochtige
aarde maken ze specie, die na een tijdje goed hard
wordt. In haar gevangenis broedt het vrouwtje de eieren uit en brengt daarna de kuikens groot. Door een
heel klein kiertje geeft het mannetje haar en de kuikens voedsel met die geweldige snavel van hem. En
keurig als het vrouwtje is, kiepert zij alle uitwerpselen
ook via dit luikje naar buiten. Nu maar hopen dat het
mannetje haar en haar kroost te zijner tijd weer be-
vrijdt ...

[www.beest-en-bende.nl]

Naar huis

Sterre zit weer bij Marius in de auto en weer ligt haar tas in de achterbak. Deze keer is Sammie meegekomen om haar op te halen.

Sammie was meteen tegen Sterre op gesprongen toen Kiki en zij de deur voor Marius opendeden.

'Hij kent me nog!' lachte Sterre.

Kiki aaide hem. 'Wat een lieverdje. Wat een grappig beestje,' zei ze.

Ze waren niet gebleven om koffie te drinken bij de ouders van Kiki. Die begrepen wel dat Sterre nu maar liever meteen ging.

'Slechte punten halen, hè?' had Kiki in Sterres oor gefluisterd.

Sterre snapte het niet onmiddellijk. Toen lachte ze. Zacht had ze teruggefluisterd. 'Ja, we zien elkaar weer op het kamp. Ik heb er nu al zin in!'

Sterre kijkt haar vader van opzij aan. Zou zij haar eigen grapjesvader terugkrijgen? Ze kan het zich bijna niet voorstellen, maar ze wil niets liever. De laatste dagen komen er steeds fijne herinneringen aan vroeger naar boven. Aan fietstochtjes die ze samen met haar vader maakte, aan een dagje naar de Efteling en aan die vakantie met zijn tweetjes.

'Pap?'

'Ja, meis.'

'Weet je nog dat we samen naar Londen zijn geweest?'

'Tuurlijk weet ik dat nog.'

'Dat was op het bijspijkerkamp na, de leukste vakantie van mijn leven.'

'Waarom dan?'

'Nou, ik vond natuurlijk de dino-tentoonstelling in het Natural History Museum geweldig.'

'Als het maar met dieren te maken heeft, uitgestorven of niet!' grinnikt Marius.

'Maar, papa, ik was ook blij dat er eens geen ruzie was.'

Het is even stil.

'En weet je nog dat we allebei zo ontzettend misselijk werden op de boot terug?' vraagt Sterre.

'Ja, het was toen windkracht 8. Maar het kwam ook door mij. Ik had een plekje uitgezocht op de punt van de boot. Daar was het lekker rustig. Later ontdekten we waarom. Op die plek word je het eerste zeeziek. En zeker bij windkracht 8.'

'Het kwam ook door mij, hoor. Ik wilde per se fish en chips eten vlak voor we aan boord gingen.'

Marius kijkt Sterre aan. 'Zou het niet gewoon zo zijn dat we er geen van tweeën iets aan konden doen? Dat het gewoon door de storm kwam?'

'Ik denk dat je gelijk hebt, pap.'

'Hé, Sterre, maar weet je dan ook nog dat de misselijkheid over was, zodra we van boord stapten? Die misselijkheid voelde je alleen tijdens de storm op zee.'

'Pap?'

'Ja, meis.'

'Ik wil ook weer bij jou komen wonen, maar niet alleen om het weekeinde. Gewoon de ene helft van de week bij jou en de andere helft van de week bij mama. Wat vind jij daarvan?'

'Moet je dat nog vragen, Sterre?'

'Nee, eigenlijk niet. Weet je, mama doet steeds zo moeilijk. Die is er helemaal gefrustreerd van. Maar ik heb deze week iets besloten. Als ze er niet tegen kan dat ik naar jou ga, dan blijf ik helemaal bij jou. Dan ga ik nooit meer bij haar wonen.'

'Meidje toch. Denk je dat dat iets oplost?' Papa legt even zijn hand op haar schouder. 'Dat is toch precies hetzelfde als toen je besloot nooit meer naar mij te komen? Kinderen hebben een vader én een moeder nodig. Ik ben de gelukkigste vader van de wereld dat je me weer vertrouwt en dat je me weer toelaat in je leven. Je bent een geweldige dochter. Ik ben hartstikke trots op je. Maar het contact met mama verbreken is niet de oplossing.'

Sterre knikt. 'Maar waarom doet mama dan zo?'

'Dat weet ik ook niet precies. Ik denk dat ze bang is om jou kwijt te raken. Als je helemaal bij mij zou gaan wonen, gebeurt dat misschien ook. Ik denk dat jij en ik de verstandigsten moeten zijn. Wij moeten haar een beetje helpen. Ik hoop dat ze met mij alles wil uitpraten, zodat we het verleden kunnen laten rusten. En ik hoop dat jij haar kunt laten zien dat ze jou niet kwijtraakt als je ook bij mij bent. Snap je dat?'

Sterre knikt weer. 'Ik vind dat kinderen het maar moeilijk hebben met al die gescheiden ouders,' zucht ze.

'Vertel mij wat. Ik vind het ook echt vreselijk voor je, maar sommige dingen zijn niet meer terug te draaien. Hoe graag ik het ook zou willen. Vooruitkijken kan wel. En dat is wat wij gaan doen. We geven de moed gewoon niet op!'

De vleermuis

De vleermuis is een zoogdier, maar wel een heel vreemd zoogdier. Een vleermuis kan namelijk vliegen. Zijn vleugel bestaat uit een arm met heel lange vingers waartussen een dunne huid zit. Als een paraplu houden de vingers de vleugel open. Het kenmerk van zoogdieren is dat de vrouwtjes levende jongen baren en ze melk geven. Mannetjes hebben wel tepels maar daar komt geen melk uit. Ook dat ligt bij vleermuizen anders. In Maleisië leeft een vleermuizensoort waarbij ook de vaders hun jonkies de borst geven. Die vleermuisjes krijgen dus geen moedermelk, maar vadermelk.

Vleermuizen leven in groepen. In Mexico is een grot waar de grootste groep woont: tien miljoen moeders met hun kind. 's Avonds gaan die moeders naar buiten om insecten te vangen. Uit die grot komt dan een ongelooflijk grote, zwarte wolk tevoorschijn. Tegen de ochtend komen ze terug met hun buikje vol. In de grot hangen hun jongen ondersteboven met hun sterke klauwtjes. Er zijn daar ontzettend veel vleermuisbaby's. Toch weet iedere moeder feilloos haar kleintje terug te vinden om het de borst te geven. Misschien is het toch slim als die Mexicaanse vleermuismoeders contact leggen met die Maleisische vleermuisvaders. Dan kunnen ze hun taak mooi afwisselen!

[www.beest-en-bende.nl]

Superster zegt:
Hey Kiki!
Kikiboe zegt:
Hoi!
Superster zegt:
Zal ik je eens iets leuks vertellen?
Kikiboe zegt:
Ja, duh, tuurlijk!
Superster zegt:
Ik heb gekookt.
Kikiboe zegt:
Is dat zo bijzonder dan?
Superster zegt:
Ja, heel erg bijzonder.
Kikiboe zegt:
Nou, zeg op. Wat heb je dan gekookt?
Superster zegt:
Salade caprese. Je weet wel, tomaat met mozzarella en basilicumblaadjes.
Kikiboe zegt:
Dat klinkt niet zo ingewikkeld. Was dat alles?
Superster zegt:
Nee, ik heb ook pasta met pesto gemaakt.
Kikiboe zegt:
Heb je ook aan een toetje gedacht?
Superster zegt:
Jaha, ik had kant-en-klare tiramisu en dat was hartstikke lekker. Maar nou komt het.
Kikiboe zegt:
Je maakt me wel nieuwsgierig, zeg.

Superster zegt:
Ik heb gekookt voor mijn vader en mijn moeder.
Kikiboe zegt:
Wat??? Voor allebei tegelijk???
Superster zegt:
Ja, idd.
Kikiboe zegt:
Vertel, hoe ging dat? Bij je moeder thuis?
Superster zegt:
Nee, het was bij Marius op de flat, maar mama deed heel erg haar best om geen commentaar te geven. Volgens mij was ze er voor het eerst.
Kikiboe zegt:
Ik ben echt blij voor je.
Superster zegt:
Over drie weken kook ik ook een keer bij mama voor ons drieën.
Kikiboe zegt:
Wat kook je dan? Oerwoudeten?
Superster zegt:
Ja!!! Gekookte lianen dat lijkt me wel wat!!!
Kikiboe zegt:
Zal ik je dan ook nog eens iets leuks vertellen?
Superster zegt:
Ja, niet treuzelen, schiet een beetje op, plies!
Kikiboe zegt:
Onze site is getipt!
Superster zegt:
Hoezo? Waarvoor? Hoe kan dat?
Kikiboe zegt:

Ik heb hem aangemeld bij een dierentuinensite. Wij staan bij de top-vijf van leukste homepages.

Superster zegt:

Krijgen we daar nog iets voor? Ik vind dat we wel wat verdiend hebben.

Kikiboe zegt:

Als we winnen, krijgen we een jaar lang gratis toegang tot alle dierentuinen van Nederland voor ons en onze familie.

Superster zegt:

Zou ik papa en mama samen een keertje zo gek krijgen?

Kikiboe zegt:

Joh, wat maakt het uit? Je hebt mij toch? Wij kunnen toch samen gaan?

Superster zegt:

Dat is waar. En we kunnen zelfs al alleen met de trein!

De boeken uit de serie **Het leven van ...** gaan over het leven van kinderen zoals jij. Lees ze allemaal!

En ik dan?

Jonas zou graag een goede voetballer zijn, net als zijn broer Tom. Jammer genoeg slaat hij op het voetbalveldje een modderfiguur.

Jonas kan wel ontzettend goed tekenen, ook al vindt papa dat meer iets voor meisjes. Maar wie weet verandert papa wel van gedachten als Jonas de tekenwedstrijd wint ...

Help, Katman! Help!

Maryn wordt zo erg gepest door Tommy dat hij niet
meer naar school durft. Om te overleven verzint Maryn
dat hij Katman is, een superheld die pesters als Tommy
hard aanpakt. Hij gaat echter zozeer op in zijn
heldhaftige striptekeningen dat hij de werkelijkheid
uit het oog verliest en zelf gewelddadig wordt …

Kapot

Storm is verhuisd naar de andere kant van Rotterdam.
Van zijn buurjongens leert hij skateboarden. Hij doet het
goed, Storm is een snelle leerling. Regelmatig skate hij op
de Westblaak of in Skateland, een overdekte skatehal,
waar je lekker kunt boarden ook al regent het pijpenstelen.
Op een dag gaat het mis. Storm wordt opgehaald met de
ambulance. Maar voordat ze hem op de brancard uit
Skateland kunnen dragen, zijn er uren verstreken!

Nu ben ik hier

Shirin is met haar papa en mama uit Iran naar
Nederland gevlucht. Meer dan drie jaar hebben ze
angstig gewacht in een asielzoekerscentrum. Nu weten
ze dat ze in Nederland mogen blijven. Ze hebben sinds
kort weer een eigen huis. Shirin is blij, maar nog lang
niet gewend aan al het nieuwe.
Vooral op school vindt ze moeilijk een eigen plek. En
vriendinnen maken? Dat durft ze niet meer, bang dat ze
toch weer afscheid moet nemen. Dát en meer mailt ze
naar haar Iraanse vriendin Maryam.

Vita en ik

Wat hebben we samen een lol gehad, Vita en ik. In de
musical hebben we de sterren van de hemel gespeeld.
En dat terwijl ik dacht dat het helemaal niets zou
worden, toen ik hoorde dat ik met die verlegen
Vita moest optreden.
Vita is na groep 8 zelfs naar een speciale school gegaan.
Daar kan ze verder met zingen en dansen en optreden.
Vita is in korte tijd mijn beste vriendin geworden.
Onze vriendschap was heerlijk, maar na groep 8 kwam
het afscheid en zijn we ieder onze eigen weg gegaan.